KB264545

롱 Illust. 기우니우
남자를 싫어하는 미인 자매를
이름도 알리지 않고 구해주면
어떻게 될까?

이름은 **신조 아이나** . **16** 살 **고등학교 1** 학년!
아이나 라고 불러줘♥
2 월 **5** 일 **물병** 자리고 혈액형은 **O** 형!
형제는 **쌍둥이 언니가** 있어.

Q.좋아하는 사람은 있어?
하야토 군!

말로 하는 애정 표현은···
적은 편 ♡ ♡ ♡ ♡ ♥ 많은 편

Q.좋아하는 타입은 어떤 사람?
용감하고 다정한 사람.

본인은 어느 쪽?
M ♡ ♡ ♡ ♥ ♡ S

Q.그 사람과 하고 싶은 것은?
2명의 아이를 갖고 싶어··· 그러니 생으로 OO하고 싶어♥

솔직히··· 본인은 "무겁다"고 생각해?
그렇지 않다 ♡ ♡ ♡ ♡ ♥ 무겁다

이름은 **신조 아리사** . **16** 살 **고등학교 1** 학년!
아리사 라고 불러줘♥
2 월 **5** 일 **물병** 자리고 혈액형은 **O** 형!
형제는 **쌍둥이 동생이** 있어.

Q.좋아하는 사람은 있어?
하야토 님··· 도모토 하야토 군.

말로 하는 애정 표현은···
적은 편 ♡ ♡ ♡ ♡ ♥ 많은 편

Q.좋아하는 타입은 어떤 사람?
상냥하고 우리를 언제나 지켜주는 믿음직한 사람.

본인은 어느 쪽?
M ♥ ♡ ♡ ♡ ♡ S

Q.그 사람과 하고 싶은 것은?
해주고 싶은 건 많아요. 예속도 싶어··· 빨리 그분의 소유물이 되고 싶어요.

솔직히··· 본인은 "무겁다"고 생각해?
그렇지 않다 ♡ ♡ ♡ ♡ ♥ 무겁다

남자를 싫어하는 미인 자매를
이름도 알리지 않고 구해주면
어떻게 될까?
st. 기우니우

커버 그림, 본문 일러스트 | 기우니우

contents

story by Myon / illustration by Giuniu
designed by AFTERGLOW

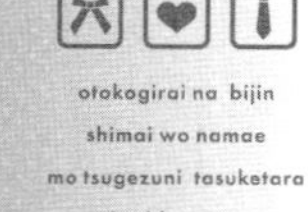

"이제 곧 핼러윈이네……."

10월도 거의 끝나갈 무렵, 나는 핼러윈 가장(假裝)에 필요한 물건들을 사기 위해 거리를 걷고 있었다.

흔히 뉴스를 보면 코스튬을 하고 매너 없이 구는 사람들이 나오곤 하지만, 딱히 난 소란을 피우는 게 아니라 고등학교에서 친한 친구들과 조용히 보낼 뿐이었다.

"……하여간, 고등학생씩이나 돼서 뭐 하는 건지."

쇼핑 봉투에 담긴 호박 가면과 빛나는 막대 장난감——통칭 레이저 소드를 힐끔거리며 쓴웃음을 지었다.

처음에는 분명 귀찮다고 생각했는데, 정신을 차리고 보니 나름대로 진지하게 어떤 가장을 할지 고민하는 내가 있었다……. 뭐, 고른 건 이런 간단한 것뿐이지만 그래도 친구들과 핼러윈을 즐겁게 보낼 수 있다면 좋은 일이다.

"그건 그렇고 그 녀석은 어떤 가장을 할까. 그 오타쿠가 진지하게 준비한다고 할 정도면……."

핼러윈을 함께 보낼 예정인 친구는 나를 포함해 3명인데, 그중 한 명은 하드 오타쿠라서 이런 가장에 관해서는 철저하게 하겠다는 듯 꽤 기합이 들어가 있었다.

"어쩌다 보니 핼러윈에 이렇게 모이는 것도 처음이네. 모처럼 친구들과 보내는 시간이니 마음껏 즐겨볼까."

처음에는 영 내키지 않았는데, 막상 실제로 이벤트가 다가오자 설레는 걸 보니 나도 어린애구나, 실제로도 그렇지만.

"좋아, 돌아갈까."

이미 원하는 물건은 구했으니 슬슬 돌아가자.

"아빠, 아빠! 나 소풍 가고 싶어!"

"후후, 그거 좋네. 어때, 여보?"

"좋아! 그럼 유급 휴가 내고 가볼까!"

척 보기에도 사이좋아 보이는 부모와 자식을 지나쳐 나는 느긋하게 돌아가는 길을 걸었다.

그대로 잠깐 걷다가 뒤를 돌아보았으나, 이미 조금 전 가족의 모습은 없었다. 뭘 하는 거야, 하고 자조의 한숨을 내쉬고 다시 걷기 시작했다.

"……어?"

쇼핑백을 한 손에 들고 걷던 나는 한 채의 집으로 눈을 돌렸다.

"저기는 신조 씨네 집 아닌가?"

신조 씨네——내가 다니는 고등학교에 재적하고 있는 쌍둥이 미인 자매를 말하는 것이다.

두 사람 모두 어중간한 아이돌은 갖다 대지도 못할 외모와 스타일을 자랑하는 미인으로, 고백받은 횟수가 어마어마하지만……그 모든 고백을 거절하는 철벽녀로 유명했다.

그런 미인 자매가 살고 있는 집을 조금 더 지나가면 우리 집이다. 같은 동네이기도 해서 자매와 인사를 나누는 일도 적지 않았다.

『좋은 아침.』

『좋은 아침~.』

근처에 살고 있기에 나눌 수 있는 이런저런 소소한 대화들. 하지만 그녀들 같은 미인 자매와 조금이나마 대화를 나누면 그날은 열심히 보낼 수 있겠다는 마음이 드니 나도 참 단순하다.

"둘 다 굉장한 미인인 데다 엄마까지 미인이시니…… 정말 대단한 가족이야."

그런 식으로 그들에 대해 생각하고 있었지만 딱 거기까지. 딱히 그들의 집이 궁금했던 것은 아니었다.

'근데 문이 왜 활짝 열려있지?'

그랬다. 신조 씨네 현관문이 부자연스럽게 전부 열려있었다.

스마트폰으로 시간을 봤다. 현재는 18시가 조금 넘은 시각. 서서히 추운 계절이 다가오고 있었기에 해가 저무는 시간도 빠르다.

그런데 이 시간이 되도록 불도 켜져 있지 않은 집에 현관만 활짝 열려있다니, 굉장히 부자연스러웠다. 우리 동네에 그런 일이 생길 리가 없다고 스스로 되뇌면서도, 자꾸 불길한 예감이 들었다.

"도둑은 아니겠지……? 에이, 설마 그런 일이 있겠어……."

그럴 리가 없다며 생각을 털어내고 그 자리를 떠나려 했지만, 발걸음은 저절로 현관으로 향했다.

"……."

만약 아무 일도 아니고 멀쩡하게 주민이 있다면, 사과하고 나오자는 가벼운 마음으로 다가갔는데…… 안에서 범상치 않은 남자의 목소리가 들렸다.

"큭큭, 돈 되는 물건은 몰라도 엄청난 여자들이 모여 있군. 너희들, 엄마가 죽길 바라지 않으면 옷을 벗어."

고막을 울리는 그 말에 나는 자연스럽게 이마에 손을 얹고 말았다.

'……진짜냐고.'

아닐 거라고 스스로 되뇌었던 일이 현실이 되고 말았다.

그가 눈치채지 못하도록 신중하게 이동해 가까스로 마당 쪽에서 집안을 들여다보니, 덩치 큰 한 명의 남자가 신조 씨네 엄마를 자신의 품에 안고 가슴을 주무르며 자매에게 연신 옷을 벗으라고 재촉하고 있다.

'……저 쓰레기 자식.'

나는 속으로 욕을 뱉었다.

엄마는 눈물을 흘린 채로 공포에 질려 소리를 내지 못하고 있었고, 반대로 자매 둘은 붙잡혀 있는 것도 아닌데 그 자리에서 움직이지 못하고 있었다.

이웃이라 알게 된 일이지만, 신조 씨네는 아빠를 사고로 일찍 여읜 이후, 자매가 엄마의 부담을 덜어주기 위해 서로 도우며 생활하고 있다. 아마 지금도 소중한 엄마를 돕기 위해 필사적으로 고민하고 있겠지.

"일단 경찰을 부르고…… 또 뭘 해야 하지?"

나는 도움이 될 만한 게 없나 하고 소지품을 뒤졌다. 내 수중에 있는 것은 방금 산 호박 가면과 레이저 소드뿐이었다.

다시 힐끔 집안을 살피니 자매는 남자의 말에 따라 속옷 차림이 되어 있었다. 조금도 지체할 수 없는 상황이었다.

여기선 두 사람의 얼굴이 보이지 않았지만, 아마도 겁에 물들어 있을 거다. 아니, 틀림없이 무섭겠지.

"……여자를 울리지 말라고."

그렇게 중얼거리며 나는 호박 가면을 머리에 뒤집어썼다.

옛날부터 나는 뭔가를 하기 전에 이렇게 얼굴을 가리면 실력을 발휘하기 더 수월했다. 뜬금없는 이야기지만, 이 방법으로 중학교 때 검도로 전국 대회에 출전한 적도 있으니, 원리는 몰라도 효과만은 확실하다.

당시 동창들에게서 성격과 분위기도 달라진다는 말을 들은 적도 있지만, 아무래도 그 정도는 아니겠지.

"좋아, 간다."

강도는 칼을 가지고 있기에, 현장에 나서면 다칠 가능성이 있다. 그러니 만일 내가 모른 척하고 이 자리를 도망치더라도 아무도 나를 비난하지 않을 것이다. 하지만 나는 그녀들을 외면할 수 없었다.

"엄마, 아빠…… 나 좀 도와줘."

천국에 계신 부모님께 그런 말을 전하고, 경찰에 신고한 뒤 발걸음을 내디뎠다.

아카기 고등학교 1학년 도모토 하야토…… 출진이다!

▶ ▷

“……읏.”

“언니…….”

설마 하는 마음이었다. 설마 우리가 이런 일을 당할 줄이야.

핼러윈이 코앞으로 다가온 10월 후반, 여느 때처럼 엄마가 기다리는 집에 여동생과 함께 돌아온 순간이었다.

현관문이 부자연스럽게 열려있는 게 마음에 걸렸지만, 대수롭지 않게 나와 여동생은 집 안으로 발을 들여놓았다.

“엄마?”

“불도 안 켜고…… 무슨 일 있어?”

현관에 엄마의 신발이 있었기에 당연히 돌아와 있는 줄 알았는데, 아직도 불이 켜지지 않은 집안의 모습에 나와 여동생은 의아함을 느꼈다.

“……어?”

무서울 정도의 정적 속에서 우리는 몸집 큰 남자에게 사로잡혀 있는 엄마를 보았다.

“뭐야, 딸이냐?”

“도, 도망가, 둘 다!”

남자가 엄마에게 들이대고 있는 칼, 그리고 엄마의 도망치라는 말……. 우리는 그때야 집에 강도가 들었다는 걸 깨달았다.

남자는 우리를 놓치지 않으려고 칼을 겨누고, 움직이면 엄마를 죽이겠다고 위협했다.

무섭다, 도망가고 싶다, 도움을 청하고 싶다……. 하지만 여기서 벗어나면 정말로 엄마가 죽는 게 아닐까 무서워 다리를 움직일 수 없었다.

우리가 어쩌지도 못하고 굳어있자 남자는 옷을 벗으라고 명령했다.

"정말 엄마를 놔줄 거지?"

"너희가 말을 잘 들으면."

이렇게 해서 엄마가 무사하다면…….

그렇게 생각한 나는 옷을 벗었고, 여동생도 이어서 속옷 차림이 되었다……. 그런 우리들을 본 남자는 히죽거리는 징그러운 미소를 짓고 있었다.

"……이래서 남자들이란."

옛날부터 그랬다.

남자란 비열하고 야만적인 생물, 내가 남자로서 곁에 있길 바랐던 사람은 이미 돌아가신 아빠뿐이었다.

아빠는 돌아가시던 최후의 순간까지 엄마를 사랑하셨고, 그리고 우리를 소중한 딸로서 아껴주셨다.

"큭큭, 설마 여기서 이런 훌륭한 물건을 발견하다니. 아아, 그전에 묶어둬야지."

남자는 여동생에게 밧줄을 던져 내 손발을 묶으라고 명령했다.

이제야 깨달았지만 엄마도 손발이 묶여 있었다. 똑같이 우리의 자유를 빼앗을 생각이리라.

아이나가 작은 목소리로 사과하면서 내 손발을 묶었고, 이어서 아이나도 남자에 의해 묶여 움직임을 봉쇄당했다. 그리고 남자가 맨 처음 타깃으로 삼은 것은 아이나인 것 같았다.

"그만둬! 동생한테 손대지 마!"

여동생이나 엄마에게 손을 댈 바에야 차라리 나로 해. 사실 무서워서 미칠 것 같았지만 나는 큰 소리로 그렇게 외쳤다.

"시끄러워! 넌 나중에 상대해 줄 테니까 가만히 있어!!"

남자는 호통치듯 칼을 바닥에 내리꽂았다.

둔탁한 소리를 내며 깊숙이 꽂힌 칼날에 엄마와 여동생이 작게 비명을 질렀고, 나도 공포에 사로잡혀 몸을 움직일 수 없게 되었다.

'왜…… 대체 왜 이런 일이……!'

불합리한 처지에 울고 싶은 심정…… 아니, 이미 나는 울고 있었다.

결국, 나는 언제나 이렇게 불합리한 일을 당하며 포기해 왔다. 아빠가 돌아가신 사건조차, 불합리한 이유로 야기된 사고였다.

"젠장…… 젠장, 젠장!"

아무것도 할 수 없는 무력한 자신, 얌전히 불운을 받아들일 수밖에 없는 자신의 처지가 분했다.

주먹을 세게 말아 쥐자, 손톱이 피부에 파고들어 통증이 느껴

졌다. 눈앞에서 여동생이 추잡한 남자의 욕망을 그 몸으로 받아
내려 하고 있었다.

그런 불합리함을 앞에 두고 마침내 나는 굵은 눈물방울을 흘
렸다.

"도와줘……."

아주 작은 중얼거림이었다. 누구라도 좋으니 도와달라고, 그렇
게 바라던 순간이었다.

"뭐야?"

무언가 소리를 내며 거실 한가운데로 굴러왔다. 현관에 놓여
있던 테니스공이었다.

"갑자기 어디서 굴러온 거지?"

남자는 굴러온 테니스공으로 손을 뻗어 잡으려고 했다.

그때, 여동생에게서 완전히 주의가 벗어난 그 순간을 놓치지
않겠다는 듯, 무언가가 엄청난 기세로 방 안에 뛰어들었다.

"어, 어엇——?!"

남자가 반응할 틈도 없이, 붉게 빛나는 막대가 남자의 어깨를
내리치며 둔탁한 소리를 냈다.

남자가 고통스러워하며 칼을 떨어뜨리자, 다음 일격이 지체 없
이 사내의 복부로 작렬했다.

"크헉……! 어떤 새끼야……!"

"……?!"

"호박?!"

갑작스러운 침입자에 나를 포함해 여동생도 엄마도 숨을 삼켰다.

호박 가면을 쓴 누군가가 괴로워하는 남자를 내려다보았다. 우리는 너무나도 기묘한 그 광경에, 한순간이지만 품고 있던 공포를 완전히 잊을 만큼 넋을 잃고 말았다.

체격으로 봤을 때 남자인 것 같은데…… 왜 호박 가면을 쓰고 있는 걸까.

"강도가 목적인지 강간이 목적인지는 모르겠지만, 네놈은 여기서 끝이야."

호박 가면이 그렇게 말하는 순간, 멀리서 사이렌 소리가 들렸다.

"경찰……!"

"살았어……?"

그 사이렌 소리거 우리를 안심시켜 주었다.

호박 가면의 그는 범인이 도망가지 못하도록 손발을 묶은 뒤, 안전을 확인하고 우리의 구속을 풀어주었다.

"이 새끼가……! 이거 풀어!"

"너 같으면 풀어주겠냐. 범죄자답게 얌전히 묶여 있어."

뚫린 눈 틈 사이로 들여다보이는 안광은 무척이나 날카로웠고, 사내는 기가 눌린 듯 꼼짝도 하지 못했다.

"자, 너희도 빨리 옷 입어. 이제 괜찮아."

"웃…… ."

괜찮다는 말을 듣고 나서야 우리는 살았다는 것을 실감했다.

나는 옷을 입는 것도 잊은 채 소리 내어 엉엉 울고 말았다. 여동생도 나를 따라 펑펑 울기 시작했고, 엄마도 그런 우리 둘을 끌어안고 울고 있었다.

"아니 곧 경찰이…… 이거 어쩌지. 앗, 그러면 이 담요라도."

소파에 놓여 있던 담요를 들고 우리에게 다가와 어깨에 덮어주고는 바로 떨어진다. 우리를 겁먹게 하지 않기 위함일까.

'……신기해. 전혀 불쾌한 느낌이 안 들어.'

옛날부터 여러 일들이 있었기 때문에 남자는 어렵…… 아니, 싫다고 해도 될 정도였다.

하지만 눈앞의 그에게서는 싫은 느낌은 일절 없었고, 오히려 곁에 있는 것에 안도감마저 들었다.

호박 틈새로 들여다보이는 눈동자는 무척 차갑고, 모든 것을 꿰뚫어 보는 예리함을 갖고 있었음에도, 우리를 걱정해 주는 다정함은 제대로 전해진 것이다.

"다행이다. 정말…… 정말 다행이야."

그 목소리는 마치 아빠를 떠올리게 하는 상냥함으로 가득 차 있었다.

급격히 뺨이 뜨거워지는 것이 느껴졌다. 아무래도 옆에 있던 여동생도 마찬가지였는지, 멍한 얼굴로 호박 가면의 그를 바라보고 있었다.

이번 사건, 강도 사내는 체포되었고 습격당할 뻔했던 우리들은 모두 무사했다.

한순간이라고는 하지만 모든 것을 포기할 뻔했던 절체절명의
상황 속── 우리를 구해준 영웅은 호박 가면의 남자였다.
　나는…… 우리는 더 없을 정도의 운명을 느낄 수밖에 없었다.

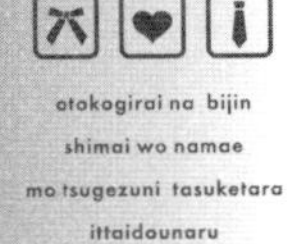

내가 신조 일가를 도운 이튿날.

경찰이 출동하여 강도를 현행범으로 연행하는 사건이 벌어지면서, 동네에는 온갖 소문이 퍼지고 있었다.

"어제 너희 집 근처에서 강도 사건이 있었다면서?"

"괜찮았냐?"

학교에 도착하자마자, 사건 현장이 우리 집 근처인 걸 안 친구가 내게 말을 걸었다.

나는 늘 바보처럼 놀기만 하다가도, 이렇게 무슨 일이 있을 때면 걱정해 주는 그들의 다정함이 무척 기뻤다.

"다행히 나는 아무 일도. 뭐, 당사자도 무사하다니까, 진짜 다행이지."

내 말에 친구들은 그렇지, 하고 고개를 끄덕였다.

나와 대화를 나누고 있는 이 두 사람은 고등학교에 와서 알게 된 사이다. 아직 만난 지 1년도 안 됐는데 오랜 세월 함께 지내온 것처럼 가깝고 친밀했다.

"그래도 걱정해 줘서 고마워. 소타, 카이토."

"친구 사이잖냐."

"이쯤은 당연하지."

미야나가 소타, 아오지마 카이토, 두 사람 다 정말 소중한 내 친구다.

소타는 코스프레 같은 것을 좋아하는 오타쿠이고, 카이토는 근육질 몸매에 다소 불량한 외관을 하고 있다. 그런 두 사람과 가까워진 계기는 내가 먼저 말을 건 것이 시작이었는데, 지금 생각하면 잘도 이렇게까지 친해졌구나 싶어 진심으로 기쁜 동시에 감회가 새로웠다.

"그래서 어제 말이야——."

"아 맞아, 그래서——."

친구들의 말에 귀를 기울이며 나는 어제 일을 회상하고는 한숨을 내쉬었다.

"후……."

어제 그 사건 이후로는 정말 시간이 폭풍같이 지나갔다.

그 뒤의 일을 이야기하자면, 현장에 도착한 경찰들은 호박 가면을 뒤집어쓰고 있는 나를 보고 눈에 띄게 당황했다.

"어느 쪽이 범인이지?"

"둘 다인가?"

그런 대화를 하기 전에 빨리 강도나 잡아달라고 외치고 싶은 심정이었지만, 만약 내가 그들의 입장이었더라도 같은 말을 했을 것이다.

그만큼 그 현장에서 호박을 쓰고 있던 나의 존재는 이질적이고 수상했다.

나는 수상한 사람이긴 하지만 범죄자는 아니다. 경찰서에 끌려갈 처지에 놓인 나를 감싸준 것은 신조네 가족이었다.

“이 사람은 저희 은인이에요! 수상한 사람이 아니에요!”

“아니, 딱 봐도 수상한 차림새인데…….”

감싸준 신조에게 감사함을 느낌과 동시에 작게 중얼거리는 경찰들에게 마음속으로 남몰래 사과했다.

역시 사건이라고 할 만한 일이었기에 풀려나기까지 오랜 시간이 걸렸지만, 사건은 무사히 끝을 맞이했고 나도 무사히 귀가할 수 있었다.

참고로 경찰관에겐 내 정체를 드러냈지만, 신조네 세 사람은 끝까지 내 얼굴을 보지 못했다. 이럴 때 어떤 얼굴로 마주해야 할지도 모르겠고, 무엇보다 나라는 존재를 동네나 학교에서 볼 때마다 이 사건을 떠올릴 수도 있겠다는 걱정에서였다.

“이름을 알려줘…….”

“누구신가요……?”

나에게 간청하듯 말을 걸어온 자매를 포함해 그녀들의 엄마도 의지할 만한 존재를 원하고 있는 것 같았다.

세 사람 모두 내게서 떨어지고 싶지 않다는 듯 손을 뻗어왔지만, 나는 미련을 느끼면서도 그녀들 앞을 떠났다.

‘말로 잘 표현은 못하겠지만, 그 세 사람이 향해오는 마음이 나한테는 너무 무겁게 느껴졌어.’

물론 남자로서 허세를 부리고 싶은 마음도 있고, 미인들에게 관심받는 것도 썩 나쁘지 않았지만, 결국 그녀들에게는 아무것도 알리지 않았다.

‘오히려 그런 일을 겪고도 두 사람 다 변함없이 학교에 오다니, 정말 대단하지.’

그런 일이 있었으니 당분간 학교는 쉬고 마음의 안정을 찾는 편이 좋을 것 같은데, 그럼에도 착실하게 등교해 오는 것을 보니 강한 마음을 가졌다는 생각이 들었다.

‘뭐, 이제는 나와 관계없는 일이지.’

나는 정의의 영웅이 되고 싶은 게 아니다. 그녀들에게 은혜를 베풀었다고도 생각하지 않는다.

그저 남을 도왔다는 사실만으로 내게는 충분하다.

그런 일이 있었지만, 학교에서의 시간은 여느 때처럼 흘러갔고, 순식간에 점심시간이 되었다.

“밥 먹으러 가자!”

“그래.”

“알았어.”

도시락을 여는 학생도 있었지만, 우리는 학생 식당 쪽으로 향했다.

왜 도시락이 아니냐고? 우리 집은 아빠가 일찍 돌아가시고 중학교 때 엄마도 병으로 돌아가셔서 점심은 학생 식당에서 때우고 있었다.

“뭐 먹을까.”

“하야토는 뭐 먹을 거야?”

“나는 생강구이 정식으로 할까.”

주문한 뒤 잠시 기다렸다가 준비된 점심을 앞두고 우리는 손을 모았다.

"잘 먹겠습니다."

곧바로 메인인 생강구이를 입에 넣으려는데, 학생 식당 내부가 조금 소란스러워졌다.

"공주님들이 온 것 같은데?"

"여전히 인기인이네."

두 사람의 말을 듣고 학생 식당 입구로 눈을 돌리자, 마침 두 명의 친구와 함께 신조 자매가 들어오고 있었다.

전례 없는 미모와 뛰어난 몸매는 그 자체로 수많은 남자의 시선을 사로잡았다.

그건 그렇고 저 두 사람이 학생 식당을 이용하는 건 드문 일 아닌가? 아, 어제 그런 일이 있었으니, 도시락을 준비하지 못한 걸지도.

"우리와는 어울리지 않는 절벽 위의 꽃이지."

"나는 보는 걸로 충분해."

뭐야, 결국 보겠다는 거잖아. 나는 쓴웃음을 지었다.

하지만 친구 두 사람이 말하는 것처럼 정말 저 둘은 미인이었다.

'빤히 보지 않아도 전해지는 분위기가 있지. 인기가 많을 수밖에.'

먼저 언니인 아리사. 사이드로 땋은 칠흑의 긴 머리와 쿨뷰티라고도 불리는 서늘함을 띤 푸른 눈동자가 인상적이다. 소리 내어 크게 웃는 일이 적은 편인지 그녀의 그런 모습을 보면 좋은 일이 생긴다고 한다.

다음으로 여동생 아이나는 언니와 달리 매우 쾌활한 성격을 갖고 있었고, 외형도 화려해서 확실히 꾸민 티가 났다. 컬이 들어간 밝은 갈색 머리, 늘 풍부한 표정에 밝은 미소를 짓고 있으며 언니의 파란 눈동자와는 대조적으로 붉은 눈동자를 가진 것이 특징이다.

'……정말 같은 인류가 맞나? 몇 번을 봐도 레벨이 다르잖아.'

그리고 두 사람에게 완전히 공통되는 것은 바로 폭력적인 몸매였다.

"웃……."

이러면 안 되지. 괜히 생각하려고 하니 어제의 광경이 떠오르고 만다.

그때는 신조 가족을 돕기 위해 필사적이었고, 계속 강도에게 의식을 집중하고 있었지만, 그럼에도 그녀들의 속옷 차림은 보고 말았기 때문에—— 아리사도 아이나도, 그리고 그녀들의 엄마의 글래머한 육체까지도 강하게 뇌리에 박혀버렸다.

"여기로 할까?"

"그러자."

밖으로는 결코 말할 수 없는 생각을 하고 있는데, 그녀들이 가까이 와 앉았다.

소타와 카이토가 말없이 쟁반을 살짝 움직여 거리를 벌렸다.

근처에만 있어도 부담스러운 모양이었다.

“……?”

빤히 쳐다본 것도 아닌데, 문득 여동생 아이나와 눈이 마주쳤다.

피 같다고 하면 조금 과장일지도 모르지만, 그녀의 진홍빛 눈동자가 나를 향하자, 심장이 살짝 내려앉는 기분이었다.

“아이나?”

“아니, 아무것도 아니야.”

하지만 곧 아이나는 나에게서 바로 시선을 돌려버렸기에 안도했다.

평범하게 생각하면 나 같은 사람에게 관심이 있을 리 없지. 알고는 있었지만, 조금의 아쉬움을 느꼈다.

학교에서 제일 유명한 미인 자매가 곁에 있다는 이유로 소타와 카이토가 깔끔하게 입을 다무는 바람에, 그녀들의 대화가 이따금 들려왔다.

“정말 괜찮아? 하루쯤은 쉬어도 괜찮았을 텐데.”

“그렇게 걱정할 필요 없어. 나 자신도 생각보다 아무렇지도 않고……. 큰일이 나기 전에 도움을 받아서 그런가 봐.”

“이름이라도 알려줬다면 좋았을 텐데……. 아~, 정말 멋졌어.”

무심코 움찔한 탓에 식판에서 달그락 소리가 났지만, 그것을 알아차린 건 곁에 있는 친구 둘뿐이었다.

“후우…….”

그 와중에 나는 안도하듯 숨을 내쉬었다.

조금만 더 늦었더라면 그녀들에게는 최악의 전개가 벌어졌을 것이고, 그야말로 평생 사라지지 않을 상처를 마음에 짊어지고 살았을지도 모른다. 하지만 저렇게 웃는 얼굴로 대화할 수 있을 정도라면 더는 걱정할 필요가 없을 것 같았다.

그 후 우리는 묵묵히 점심을 다 먹고 자리에서 일어났다.

"잘 먹었습니다."

"잘 먹었슴다!"

"얹힐 것 같아……."

대체 얼마나 긴장한 거야. 나는 쓴웃음을 지었다.

"근데 하야토, 핼러윈 가장 아이템은 어쩌기로 했냐?"

"이미 레이저 소드랑 호박 가면 샀는데?"

"재미없긴……."

"시끄러워."

나는 소타처럼 이런 것에 진지하지 않다고!

애초에 이런 지출은 최소한으로 억누르고 싶다. 할아버지가 어느 정도는 자유롭게 쓸 수 있을 정도의 돈을 보내주고 계시긴 하지만, 그렇다고 사치하고 싶지는 않다.

점심 식사도 끝났고, 남은 것은 교실로 돌아가는 것뿐. 그때 나는 잠시 화장실에 가고 싶어져서 두 사람을 먼저 돌려보냈다.

"후우~."

편안함이 느껴지는 목소리를 내면서 볼일을 마치고 손을 씻고 복도로 나오자, 뜻밖의 인물이 눈에 들어왔다.

"……?"

"흐흥~♪ 흥흥~♪"

아이나가 창문 너머를 바라보며 기분 좋게 콧노래를 흥얼거리고 있었다.

화장실 앞에서 누굴 기다리나? 여자 화장실이 바로 옆에 있으니.

뚫어지게 쳐다본 것이 실수였는지, 당연하다는 듯이 그녀가 나를 발견하고 그 진홍빛 눈동자에 나를 담았다.

"안녕, 오늘은 날씨가 좋네."

"어어…… 그러게."

확실히 구름 한 점 없는 날씨다.

"그럼 또 봐♪"

"……으응."

싱긋, 예쁜 미소와 함께 손을 흔들며 그녀는 식당으로 돌아갔다.

미인의 웃는 얼굴이 이렇게나 파괴력 높은 거였나, 하고 충격을 받았다. 그나저나 그녀는 여기서 뭘 하고 있었을까.

"식당에서 눈이 마주쳤을 땐 전혀 관심 없어 보였는데…… 으음~?"

혹시 그녀가 나에게 관심이 있는 건가?! 아니, 아니, 아니지.

설마 내가 호박을 쓴 남자라는 걸 알아차렸나?!

아니, 그거야말로 절대 가능성 없는 이야기라며 고개를 저었다.

"그래도…… 정말 예쁜 사람이네. 저런 애가 애인이라면 하루

하루가 행복할 것 같은데, 나하고는 전혀 인연이 없겠지.”

그런 진부한 멘트를 중얼거리며 나는 두 사람이 기다리는 교실로 돌아갔다.

“다녀왔어.”

“어~.”

“오래 걸렸네. 큰 거였냐?”

“아니. 그냥 좀.”

참고로 나는 기본적으로 매일 아침 대변을 보는 건강 체질이다. 일부의 어른들이 부러워할 만한 이 생활 습관은 스스로 생각하기에도 좀 자랑스러웠다.

“그나저나 근처에 앉은 거 처음인데, 가까이에서 보니까 풍기는 분위기가 장난 아니더라!”

“그러게. 지금까지 몇 명이나 고백했을까.”

곧바로 두 사람의 화제는 신조 자매가 되었다.

나는 통학로에서 한 번씩 마주치므로 그 정도까진 아니었지만, 학교에서 그렇게 근처에 앉아본 건 처음이었다.

그녀들과는 반도 다르고 무슨 합동 수업이 있어도 가까이 올 일이 애초에 없으니까.

“하야토는 어떻게 생각하냐? 저런 애들이랑 사귀어 보고 싶지 않냐?”

“나? 뭐, 둘 다 굉장한 미인이니까. 그런 애들이 애인이라면 하루하루가 즐겁겠지.”

"그렇겠지? 꿈속 말고는 실현 가능성이 없겠지만."

"슬픈 소리 하지 마. 우리도 열심히 하면 할 수 있다고…… 그 두 사람은 어렵겠지만."

그건 그렇지, 하고 나와 카이토는 어깨를 들썩이며 웃었다.

"뭔가 외모뿐만 아니라 그…… 다른 사람을 매료시키는 뭔가가 있다고나 할까."

"아~ 무슨 말인지 알 것 같아!"

그랬다. 그저 아름답기만 한 것이 아니라, 정체 모를 매력이 그녀들에게서 쏟아지고 있다.

거기에 성격도 좋아 보이니, 그런 부분이 많은 사람을 끌어당기고 있는 거겠지.

'근데 언니 쪽은 남자를 싫어한다는 소문이 아니었나?'

반 친구가 떠드는 말을 들은 것뿐이지만, 아리사 쪽은 남자를 어려워한다는 소릴 들은 적이 있었다. 그게 거짓말인지 진짜인지는 알 수 없지만, 몇 번이고 고백 같은 걸 받으면 그럴 수도 있을 것 같았다. 하물며 어제 그런 일이 있었으니, 그것이 불확실한 소문에서 진실로 변했다고 해도 어쩔 수 없다.

"다들 자리에 앉아라~. 수업 시작한다~!"

자, 졸린 오후 수업의 시작이다.

공부란 장래를 위해서도, 그리고 자신의 미래를 개척하기 위해서도 중요하다. 하지만 그래도 이 말만은 꼭 하고 싶다── 진짜로 졸리다.

"후암……."

천장에 팔을 쭉 뻗듯이 몸을 풀며 커다랗게 하품했다.

종례가 끝나고 돌아갈 일만 남은 상황에서, 친구들이 노래방에 가자는 말을 꺼냈다.

"미안, 오늘은 사양할게. 어제 그런 일이 있었으니까."

"아, 그것도 그러네. 그러면 다음에 가자!"

"푹 쉬어! 그리고 무슨 일 생기면 연락하고."

"알았어. 내일 봐."

우리 집 근처에서 사건이 벌어졌으니, 그것을 조금이라도 잊게 하려고 놀자는 권유를 해준 거겠지. 그 사실을 알고 있었기에 그 마음은 정말 기뻤다.

이번에는 거절했지만, 주말에는 핼러윈을 앞두고 소타의 집에 모일 예정이니 그때 마음껏 놀면 되겠지.

교실을 나가는 두 사람의 등을 배웅하고 나도 돌아가기 위해 느릿느릿 교실을 나왔다.

"날씨도 좀 추워졌으니까 잠깐 편의점에 들러서 따뜻한 거라도 사갈까……. 응?"

그런 혼잣말을 하면서 복도를 걷고 있는데, 남자에게 이끌려 걸어가는 아리사를 발견했다.

두 사람이 향하는 곳은 아마 옥상일 것이다. 두 남녀, 방과 후, 옥상, 이 세 가지 키워드에서 떠올릴 수 있는 것은 한 가지뿐이다.

"이 타이밍에 고백인가……. 어제 그런 일이 있었는데 다음에 좀 하지."

자세한 이야기는 전해지지 않았어도 웬만한 이야기는 소문이 나서 알고 있을 것이다. 그러니 오늘 정도는 가만히 놔두지. 나는 남자를 보며 생각했다.

아리사 옆에 있던 건 축구부에 소속된 미남으로, 자매와 같은 반이다. 평소였다면 고백이구나, 힘내라, 라고 생각하고 끝났을 텐데, 어제 그런 일을 겪고 나니…… 공연히 걱정이 들었다.

"하여간……. 뭐, 그래도 이것도 인연이라는 걸까."

두 사람에게 들키지 않도록 뒤를 따라갔다. 역시 두 사람이 향한 곳은 옥상이었다.

이쯤 되자 걱정보다 호기심이 앞서기 시작했다. 나는 열린 문 틈으로 그들의 앞날을 지켜보기 위해 안쪽을 들여다보았다.

제대로 닫지 않으면 열려 버리는 낡은 문에 감사하며 귀를 기울였다.

"아리사. 나와 사귀어줘."

봐, 역시 고백이잖아.

저 남자와는 반이 달라서 전혀 엮일 일이 없었지만, 꽤 인기가 많다는 것만은 알고 있었다.

우리 반에서도 그를 좋아한다고 말하는 여자가 적잖이 있었던 것 같기도 한데, 그런 인기 많은 꽃미남의 고백에 대한 대답은 무척이나 단호했다.

"미안해요. 전 이미 정해둔 사람이 있어서 당신과는 사귈 수 없어요."

"어……?"

"와우……."

눈에 띄게 당황하는 남자와 달리, 나는 입을 벌린 채 흥미롭게 관전했다.

지금까지 모든 고백을 거절했다는 소문을 가진 아리사였기에, 상대가 저 꽃미남이라도 거절할 거라고 생각은 했지만…… 설마 이런 식으로 거절할 줄은 몰랐다.

"누구야, 아리사가 남자를 싫어한다고 말한 녀석은? 말도 안 되는 루머를 퍼뜨렸네."

좋아하는 사람이 있다잖아. 역시 소문은 걸러 들어야 한다. 백문이 불여일견이라는 말과 똑같다.

"아니지, 거절하기 위한 변명일 수도 있잖아?"

"아니, 정말로 좋아하는 사람이 있는데?"

진짜냐, 엄청난 정보를 들어버렸군.

"……응?"

잠깐, 지금 나 누구랑 대화한 거지?

나는 동요를 드러내지 않기 위해 애쓰면서, 망가지기 직전의 고철 인형처럼 삐걱삐걱 고개를 돌렸다. 내 뒤에 있던 것은……

아이나였다.

"무슨──."

"쉿! 두 사람이 눈치챌 거야."

소리 내면 안 돼, 하고 그녀가 내 입술을 검지로 막았다.

"……."

"그래, 그래, 말 잘 듣네. 큰 소리 내면 안 돼?"

"……알았어."

"응, 응. 그리고 왜 내가 여기 있는 건지 궁금한 거지? 이럴 때마다 여동생은 언니가 걱정된답니다~! 뭐, 결과는 뻔하지만."

"저 남자는 처음부터 가망이 없었다는 건가?"

"그렇지."

그것참……. 저 남자에게는 애석하게 됐다는 말 외엔 할 말이 없었다.

"그래서, 넌 무슨 이유로 여기 있어?"

"어, 음……."

엿보다니 최악이라는 말 정도는 들을 줄 알았는데, 아이나는 변함없이 생글거리는 미소를 짓고 있었다.

그 예쁜 미소에 숨겨진 뜻은 읽을 수 없었지만, 나는 솔직하게 말하기로 했다.

"어제 무서운 일이 있었잖아? 그런데 오늘 따로 불러내서 고백이라니. 눈치가 없다고 할까, 배려가 부족한 것 같아서."

"그렇구나, 굉장히 상냥하네."

“상냥한 게 아니라 평범한 생각인 것 같은데.”

“뭐, 그렇지. 하지만 난 널 상냥한 사람이라고 생각했어. 수상하다고 의심받는 것보다는 낫잖아?”

“그건 그렇지.”

생각보다 이야기가 원만하게 진행되어서 다행이었다.

그런 식으로 아이나와 대화를 나누고 있는데, 아무래도 저쪽의 이야기도 슬슬 끝나가는 것 같았다.

“어제 일을 사람들에게 전해 듣고 제정신이 아니었어! 그런 일이 생기지 않게 내가 널 지켜주고 싶어!”

호오~, 이 녀석 얼굴뿐만 아니라 성격도 미남이었네.

그런데, 기세는 훌륭하고 칭찬받아 마땅하다고는 생각하지만, 그 문구는 좀 더 분위기가 진정된 후가 좋지 않았을까.

“웃차. 잠깐 실례.”

“웃?!”

그런 목소리와 함께 불현듯 부드러운 감촉이 등에 달라붙었다.

아무래도 아이나가 옥상을 엿보는 내 등을 껴안은 것인지, 그 풍만한 육체가 물밀듯이 밀착됐다.

동요하는 나를 아랑곳하지 않고 아이나는 입을 열었다.

“무슨 말을 해도 언니는 고개를 끄덕이지 않을 거야. 가망 없다면서 손가락질하면서 비웃고 싶은 심정이야.”

“……저기, 신조?”

“가슴 닿는 게 신경 쓰여?”

이 애 너무 스트레이트야!

재킷 너머로 전해지는 크고 말랑한 그것은, 아이나의 움직임에 따라 종횡무진 형태를 바꿔 나갔다.

손으로 만지는 것도 아닌데, 이상할 만큼 부드러움이 선명하게 뇌로 전달되었다.

"떨어져 주면 고마울 것 같은데……."

"그럼 내가 안 보이잖아."

내 앞으로 오면 되잖아……?

"후후, 이 정도만 해둘까."

그렇게 말하고 아이나는 몸을 떨어뜨렸다. 이거, 나 놀리는 거지?

하지만 놀림조차 이득처럼 느껴질 정도로 좋은 시간이었다.

"휴우……."

"아하하, 미안, 미안. 그러고 보니…… 저기 있지, 아까 날 신조라고 부르던데."

"응."

"언니도 신조인데, 그렇게 부르면 구분하기 힘들잖아? 그러니까 나는 이름으로 불러주면 안 될까? 그 대신 나도 널 이름으로 부를게."

그건 딱히 상관없지만, 조금 과분하다는 생각도 들었다……. 하지만 나는 고개를 끄덕였다.

"알았어. 아이나 양……이라고 하면 되지?"

“‘양’은 빼고 불러도 되는데?”

“아니, 그건 좀……”

“그러면 지금은 그걸로 만족할게. 차차 생각해 줘.”

그건 거의 친구의 거리감인데……. 이번에 내가 이렇게 아이나와 이야기하게 된 건 우연이고, 이런 일은 앞으로 거의 없을 테니까, 그녀와 이야기할 일은 이제 없겠지.

“그럼 나도. 잘 부탁해, 하야토 군.”

“잘 부탁해…… 잠깐, 날 알아?”

“이렇게 대화한 건 오늘이 처음이지만, 가끔 아침에 마주치면 인사하는데 어떻게 몰라?”

“……그런, 가?”

그렇다면…… 알고 있어도 당연한 건가. 나는 복잡해지려는 생각을 그만두었다.

그렇게 아이나와의 대화에 집중하고 있던 탓일까, 아리사 쪽을 향하고 있던 의식이 소홀해지고 말았다.

이미 이야기가 끝난 듯 남자가 이쪽을 향해서 왔다.

“앗, 망했다.”

“이리 와.”

어디에 숨을까 망설이던 차에 아이나가 강한 힘으로 잡아당겼다.

마침 문이 열리면서 보이지 않는 사각지대가 된 덕분에 남자는 눈치채지 못했다. 그 대신 엄청나게 달콤한 향기가 내 비강을 간지럽혔다.

"후후, 가깝네?"

"웃…….."

서로의 얼굴과 얼굴이 마주쳐도 이상하지 않을 정도의 근접 거리, 나는 참지 못하고 그녀에게서 거리를 벌렸다.

아이나는 여전히 즐겁다는 듯 키득키득 웃었다.

"무의미한 고백도 끝난 것 같으니, 언니한테 가볼게. 하야토 군, 또 나중에 천천히 대화하자♪"

그렇게 말한 아이나는 아리사에게로 향했다.

나는 잠시 멍하니 있다가 곧 정신을 차리고 집으로 돌아가기 시작했다.

그러는 동안 아까 나눴던 아이나와의 대화를 떠올렸다. 좋은 냄새도 나고 부드러웠지.

아이나와 서로 이름으로 부르는 사이가 된 지 며칠이 지났다.

그로부터 몇 번인가 그녀와 눈이 마주치는 일은 있었지만, 곁에 아리사가 있거나 다른 친구가 있으면 그녀가 다가오는 일은 없었고, 그 반대도 마찬가지였다.

"……뭐, 이게 정상이지."

그렇게 중얼거린 나는 약간 무거운 박스를 들고 자료실로 향했다.

지금은 점심시간인데, 화장실에서 돌아오는 길에 복도를 걷고 있다가 선생님에게 붙잡혀 이 박스를 자료실에 두고 와 달라는 부탁을 받았다.

"좋아요. 하나 빚지신 거예요."

"알겠어. 다음에 주스라도 사주마."

선생님에게 얻어먹을 생각은 없었지만, 일단 고개는 끄덕였다.

"으음…… 여기에 두면 되려나."

자료실에 도착하긴 했는데, 애초에 학생은 청소할 때 빼고는 들어갈 일이 거의 없는 곳이다. 그래서인지 비품이 아무렇게나 널브러져 있었다.

박스를 적당한 장소에 내려두고 일을 완수했다는 마음으로 숨을 내쉰 그때—— 쾅 소리를 내며 문이 닫혔다.

"……?!"

선반이나 잡다한 물건들이 놓여 있어서 문 쪽은 보이지 않았지만, 누군가 닫았다는 것만은 알 수 있었다.

순간 갇힌 건가 싶어 당황했지만, 딱히 밖에서 잠근다 해도 안쪽에서 열 수 있으니 상관없었다.

"불이 꺼져 있어서 좀 오싹하네, 여기……."

그렇게 중얼거리던 나는 곧장 문 쪽으로 향했다.

"대체 누구야, 멋대로 문을 닫은 녀석이——."

"나다아아아아!"

"끄아아아아악?!?!"

갑작스러운 큰 소리에 나는 엄청나게 놀라고 말았다.

정말 귀신이라도 나온 건가 싶어 놀랐지만, 잘 생각해 보면 지금 목소리는 귀에 익은 것이었다.

무슨 일인가 싶어 뒤를 돌아보자, 언제부터 그곳에 있었는지 웃는 얼굴의 아이나가 서 있었다.

"우히히, 장난 성공♪"

"……심장이 튀어나오는 줄 알았네."

우리 고등학교가 자랑하는 미인 자매, 그중 한 명인 아이나의 등장에 나는 두근거림보단 그만해 줬으면 하는 마음이 더 강하게 들었다.

"아하하, 미안해. 복도를 걷다가 박스를 안고 가는 하야토 군을 발견해 버려서. 궁금해서 쫓아왔어."

"그렇다면 그때 바로 말을 걸었으면 되잖아."

"물론 그럴 수도 있겠지만, 지금까지 우린 접점이 별로 없었잖아? 근데 갑자기 친근하게 말을 걸면 하야토 군도 곤란하지 않을까 해서."

아아, 그런 거였나.

아이나는 교내에서 유명인이니 평소에 말을 섞지 않는 나와 같이 있으면 이상한 소문이 날지도 모른다. 아마 그걸 걱정해서 그런 거겠지.

"나 말이지, 그동안 하야토 군이랑 대화해 보고 싶었어. 근데 멀리서 늘 눈만 마주치고 대화는 거의 못 하고, 내가 눈으로 인사만 하는 정도였잖아?"

그렇게 말하며 아이나는 거리를 바짝 좁혀왔다.

불과 얼마 전 처음으로 아이나와 길게 이야기를 나누었는데, 곧바로 두 번째 만남에서 이렇게 친근함을 표출하니, 자연스럽게 다른 속내가 있는 건가 하는 생각이 들었다.

"아직 점심시간은 있으니까 대화하자?"

"……알았어."

예쁜 아이의 제안은 거절하지 못하는…… 나는 역시 아직 미숙했다.

둘이 적당히 의자를 꺼내 마주 앉아 대화를 나눴는데, 그녀와 하는 이야기는 딱히 특별한 게 없는 내용이었다.

"하야토 군은 핼러윈 계획 있어?"

"어. 친구네 집에 모여서 코스프레 파티하기로 했어."

"코스프레! 좋다! 나는 그런 거 해본 적이 없어서 좀 궁금해."

"그렇구나."

"응. 아, 참고로 내가 코스프레를 한다면, 하야토 군이 보기에 어떤 게 어울릴 것 같아?"

"어? 으음……."

내가 그 말을 듣고 곧바로 머릿속에 떠올린 것은 야한 의상을 입은 마녀였지만…… 역시 이 말을 했다간 욕을 먹을 것이 뻔했기에, 일단 야하다는 부분은 말하지 않고 마녀, 라고만 전했다.

"마녀라~. 사악한 마법을 쓰는 마녀…… 좋네!"

아무래도 나쁘지 않은 대답이었던 것 같다.

“하야토 군은 어떤 코스프레를 해?”

“……묻지 마.”

“에엥? 궁금해~!”

매번 아이처럼 반응하는 녀석이구나. 이 역시 새로운 발견이었다.

어떤 코스프레를 하는지 끈질기게 묻기에, 나는 적당히 어떤 만화에 나오는 캐릭터라고만 이야기했다.

‘호박 가면과 레이저 소드라고는 말할 수 없으니까…….’

들키거나 하는 문제를 떠나서 그녀에게 아픈 기억이 된 그 일을 조금이라도 상기시키지 않게 하기 위함이었다.

“그러면 뭔가 갖고 싶은 건 없어?”

“음, 곧 출시할 게임 정도려나.”

“그렇구나. 참고로 나도 갖고 싶은 게 있어.”

“……뭔데?”

“그건 말이지~♪”

아이나가 지금 갖고 싶어 하는 것이 무엇인지, 그녀는 미소를 지으며 알려주었다.

“으음~ 뭐냐면~, 알려준다고 해놓고 좀 애매한 대답이 돼서 미안하지만, 물건이랑은 좀 달라. 근데 그게 마침 언니랑 겹쳐버렸거든.”

“그래?”

“응. 그건 이 세상에 하나밖에 없어. 나는 언니도 정말 좋아하니까 둘이 같이 공유할 생각이야♪"

"으음, 그렇구나…….."

모르겠다. 세상에 하나뿐이라는 게 뭐란 말인가. 무엇인지는 궁금하지만 딱히 알아볼 마음은 들지 않았다.

아이나는 더욱 짙은 미소를 지으며 말을 이었다.

"지금은 아직 나만 그걸 찾았고, 언니는 아직도 눈치채지 못했어. 언니도 금세 눈치채겠지만 그때까지는 내가 독점하려고."

"오……. 그래도 어쨌든 공유하겠다니, 둘이 정말 사이가 좋네."

"그야 물론! 언니랑은 계속 같이 있었고, 정말 어떤 순간에도 내 곁에 있었으니까."

아이나의 말에서 아리사를 향한 강한 신뢰와 애정이 느껴졌다.

아리사를 떠올리며 이야기하는 것인지, 그녀의 표정은 한없이 다정하고 즐거워 보였다.

"아이나 양은 언니를——."

정말 좋아하는구나, 그렇게 말하려고 할 때였다.

내 눈앞에 드리워지는 무언가, 그것은 천장에서 실을 늘어뜨린 거미였다.

"헉?!"

갑작스러운 거미의 출현에 나는 무심코 타다닥, 소리를 내며 뒤로 이동했지만, 나와는 달리 아이나는 전혀 당황하지 않고 오히려 거미를 향해 살짝 손을 뻗었다.

"……집으려고?"

"응, 나 거미 같은 거 꽤 좋아하거든."

"그래?! 여자애인데 신기하네……."

"그런가? 하야토 군은 싫어?"

"싫다기보단 좀 무서워."

기본적으로 나는 다리가 많은 생물을 무서워하기 때문에 거미도 그다지 익숙하진 않았다.

아이나가 만지고 있는 정도의 작은 거미라면 괜찮지만, 가끔 보는 큰 거미 수준이 되면 비명을 지를지도 모른다.

"거미는 머리가 좋은 것 같지 않아? 실로 자신의 영역을 형성하고 거기에 파고든 사냥감은 절대 놓치지 않아. 약해질 때까지 기다렸다가 마지막에는 확 먹어 치우는 거야."

손가락에 올라가 있는 거미를 부드럽게 풀어준 아이나가 나를 쳐다보았다.

"본인이 원하는 것을 달콤한 유혹으로 유인하고, 실을 뽑아 포위망을 만들어서 그 사냥감을 옭아매 잡아챈다……. 응, 뭔가 이렇게 말하니까 멋지지 않아?"

"그, 그래?"

"음, 나만 그런가…….."

멋있다기보단 무섭지 않나?

가슴 밑으로 팔짱을 낀 아이나는 생각 외로 거미 이야기가 나를 웃기지 못한 것이 아쉬운지 연신 으음, 하고 신음했다.

"아, 그럼! 서로의 연애에 대한 얘길 나눠보자!"

좋은 아이디어라며 화색을 띠는 아이나, 하지만 개인적으로는 내 연애에 관해서는 조금 슬픈 과거가 있었다.

"나는 지금까지 아무와도 사귀어 본 적이 없어. ……잠깐, 이러면 하나도 재미없잖아!"

"스스로 태클을…….."

"하야토 군은 어때?"

"나는……."

사실 중학교 때 잠깐, 정말 며칠이지만 사귄 여자애가 딱 한 명 있었다.

하지만 서로 마음이 맞지 않는 일이 많아서 금방 헤어졌다.

"……있었어?"

"뭐…… 하지만 곧바로 헤어졌어."

그 상태로 고등학교가 같았다면 어색했을지도 모르지만, 다행히도 다른 고등학교에 진학했기 때문에 더는 만나는 일은…… 아마 없지 않을까?

"흐음~."

조금 전까지의 웃는 얼굴을 굳히고 나를 바라보는 아이나였지만, 그녀의 등 뒤에 있는 선반에서 책이 떨어지려는 모습이 눈에 들어왔다.

설마 했을 때는 이미 덜컹 소리를 내며 꽤 두꺼운 사전이 떨어지고 있었다.

"위험해!"

“어?”

아이나의 어깨에 손을 얹고 그대로 이쪽으로 끌어당겼다.

놀란 목소리를 낸 아이나는 이내 둔탁한 소리를 내며 땅바닥에 사전이 떨어진 것을 보고 무슨 일이 일어났는지 짐작한 것 같았다.

가까운 거리에 있는 내 얼굴과 떨어진 사전을 번갈아 쳐다보는 아이나에게 아무 상처가 없는 것을 본 나는 안심했다.

그 강도가 들고 있던 칼에 비하면 사전의 살상력은 미미하겠지만, 그래도 머리에라도 떨어진다면 부딪치는 곳에 따라서는 위험했을지도 모른다.

“다행이다.”

안심한 마음에 그런 말이 새어 나왔다.

그러자 아이나는 갑자기 몸을 떨기 시작했다.

“……역시 틀림없어……. 이 손이야…… 아하, 아하하하하하!”

갑자기 웃기 시작한 아이나에게서 나는 몸을 떨어뜨렸다.

누구라도 근처에 있는 여자애가 갑자기 아무 맥락도 없이 웃기 시작하면 놀랄 것이다.

“미안. 도와준 하야토 군이 너무 멋있어서 기쁨의 웃음이 터져 버렸어.”

갑자기 웃어놓고 멋있다는 말을 들어도 기쁘지 않다……. 잠깐, 생각보다 길게 대화를 나눠서 그런지 이대로면 곧 점심시간이 끝나겠는데?!

“앗, 곧 점심시간 끝나니까 돌아가야겠어!”

"어?! 헉! 진짜네! 돌아가자, 하야토 군!!"

생각보다 이야기에 집중해 버렸을 정도로 아이나와의 대화는 즐거웠다.

곧 점심시간이 끝나가는 시간이라 다른 학생들의 모습은 거의 보이지 않았고, 나와 아이나가 서둘러 복도를 걷고 있는 모습을 신경 쓰는 사람은 딱히 아무도 없었다.

"언니, 들어가도 돼?"

"아이나? 들어와."

이미 해가 저물어 어두워진 밤, 나는 언니의 방을 방문했다.

언니는 의자에 앉아 책상에 턱을 괸 채 멍하니 노트를 바라보고 있었다.

"턱 괴고 있는 거 별로 안 좋은 습관이야. 턱에 부담도 되고 나중에 턱관절 장애도 생길 수 있대."

"……그렇지. 하지만…… 하아……."

내 말을 듣고 자세를 고쳤지만, 언니는 다시 한숨을 내쉬었다.

나는 언니 뒤에서 끌어안듯이 몸을 기댔고, 언니도 내 손에 자기 손을 덧댔다.

"그런 식으로 한숨만 내쉬어봤자, 그 사람은 못 만날 텐데?"

"알고 있어. 하지만 그날부터 계속 생각하게 돼……. 그분을 보고 싶어, 우리를 도와주신 그분을.”

그 말에 나도 고개를 끄덕였다.

며칠 전, 우리 가족은 집에 침입한 강도에게 습격당하는 흔치 않은 사태를 마주했고, 당장 겁탈당해도 이상하지 않을 정도의 위기를 겪고 말았다.

그런 절체절명의 위기에 나타난 그 사람—— 호박을 뒤집어쓴 남성에게 우리는 완전히 마음을 사로잡히고 말았다.

“첫눈에 반한다는 것도 이상한 이야기지만, 그런 절망적인 상황에서 도움을 받았으니 어쩔 수 없지.”

“그래……. 그래서 만나고 싶어. 만나서 보답을 하고 싶어…… 은혜를 갚고 싶어. 내 모든 걸 다 써서, 그분께 내 전부를——.”

언니는 완전히 자신만의 세계로 들어가 버렸다.

눈앞에 없는 그를 떠올리는지, 언니는 허공을 향해 말을 건넸다.

“저…… 당신께 예속당하고 싶어요. 몸뿐만 아니라 마음도…… 영혼까지 모두 당신께 바치고 싶어요. 이름도 모르는 당신, 당신은 도대체 어디에 계신 거죠?”

아무도 없는 공간으로 뻗어진 손을 내가 잡자, 언니는 퍼뜩 정신을 차린 듯 나를 바라보았다.

“……이런, 나도 참. 아이나가 옆에 있는데 그분 생각만 한다니…….”

“딱히 뭐 어때. 나도 비슷한걸.”

그래, 나도 언니와 비슷하다.

그 일은 우리에게 강렬한 공포와 분함을 심어주었지만, 도와준 그를 찾고 싶다는 욕심 또한 함께 심어주었다.

"언니의 이런 얼굴을 반 남자애들이 보면 뭐라고 할까?"

"저속한 무리 얘기는 그만해. 그 고백만 떠올려도 구역질이 나."

"이런, 미안해."

그저께 언니는 반 남자애에게 불려 가 고백을 받았다.

그 고백이 무의미하다는 것은 말할 필요도 없지만, 그때도 언니는 이런 식으로 그 남자에 대해 신랄한 욕을 퍼부었었다.

"언니는 고생이겠네."

"남의 일처럼 말하네? 아이나도 고백을 많이 받잖아."

"뭐, 그렇긴 하지. 정말로 귀찮아."

혐오감 때문인지, 무의식적으로 목소리가 낮아진 것을 스스로 알 수 있었다.

"아이나는 남자와 닿는 걸 극도로 싫어하잖아? 그 점에 있어서는 나보다 더한 것 같은데."

"어쩔 수 없잖아. 정말 만지는 것조차 싫은걸."

그래, 나는 남자를 만지고 싶지도 않을 정도로 혐오하고 있다. 실수나 부주의로 몸이 부딪치는 게 아닌 한 내가 남자를 만지는 일은 전혀 없다.

"……."

"아이나?"

아무와도 닿을 일이 없을 거라고 생각했는데, 오늘 점심시간

일이 생각났다.

언니가 걱정할 정도로 급격히 뺨이 달아오른 나는, 언니에게 등을 돌리고 문으로 향했다.

"가려고?"

"응."

"그래…… 아, 맞다. 아이나, 딱히 강요하는 건 아니지만 같은 반 남자애 이름 정도는 기억해 둬. 여차할 때 곤란할지도 모르니까."

"아~, 뭐, 노력해 볼게."

나는 반의 남자 이름을 제대로 기억하지 못한다. 그럴 필요성을 느끼지 못하기 때문이다.

성은 둘째치고 이름을 부를 필요성도 전혀 느끼지 못했기에 기억하려고 한 적은 단 한 번도 없다.

"그럼, 언니, 잘 자."

"잘 자, 아이나."

그런 대화를 나누고 나는 내 방으로 돌아왔다.

"……후우."

뺨의 열기는 아직 가시지 않았다. 분명 지금의 내 얼굴은 아직 붉을 것이다.

그럴 수밖에 없다. 알아버렸으니까…… 그를, 하야토 군을 알아버렸기 때문에 이렇게 되고 만 것이다.

"아아♡"

열기가 뺨뿐만 아니라 몸 전체로 뻗쳐나갔다.

몸의 뜨거움을 발산시키듯 나는 내 몸을 더듬으면서 하야토 군을 포함해 지금까지의 스스로를 되돌아보았다.

▶▷

남자는 모두 비열하고 야만적이며 천박하다는 생각은 아리사뿐만 아니라 여동생인 아이나 역시 똑같이 갖고 있었다.

물론 처음부터 그런 마음을 품고 있었던 것은 아니다. 그녀들이 걸어온 삶이 그런 생각을 품게 만들고 말았다.

"이리 오렴, 아이나. 선생님과 대화 좀 할까?"

아직 아무것도 몰랐던 어린 시절, 그때부터 자매 두 사람은 주위와는 동떨어진 매력을 발산했다. 아직 초등학생임에도 담임조차 이성을 잃게 만드는 어린 색기, 어리다는 말과 색기라는 말은 모순되지만…… 그만큼 이들은 어떻게 보면 이질적인 존재였다.

담임 교사가 몸을 만져오는 것을 불쾌하게 느끼면서도 도대체 그것이 무엇을 의미하는지는 알지 못했다. 아이나는 불쾌함을 느끼고 그 자리에서 도망쳤지만, 그 이후로도 담임에게 불려 가는 일이 계속되었다.

물론 이것은 명백한 범죄였고, 이 사건을 의문스럽게 여긴 아이나가 엄마에게 털어놓으며 사건은 밝혀졌다. 이러한 경험 때문에 아이나는 무의식적으로 이성이 바라보는 시선에 혐오감을 느끼게 되었고, 나이가 들면서 그때 당한 행위가 얼마나 끔찍한 일인지 이해하고 말았다.

"……불쾌해…… 불쾌해!"

불쾌하다. 그 하나의 감정만이 아이나의 마음을 지배했다.

언니인 아리사도 그렇지만, 두 사람 다 남자들에게 욕망으로 점철된 시선을 받는 일이 많았다. 동급생에게도 그렇고 어른에게도 그랬다. 일찍 돌아가신 아빠 이외의 남자에게 마음을 허락할 수 없는 환경이 이들 주위로 형성되었다.

"잘 부탁해, 신조. 나는 ○○라고 해."

그렇게 말하며 내민 손을 아이나가 움켜쥔 적은 없었다. 이름을 들어도 어째서인지 뒤의 이름만은 기억할 수 없었다. 필요 없다, 관심 없다며 아이나의 마음이 남자라는 존재를 멀리하려 했기 때문이다.

"좋아합니다, 신조 씨!"

"미안해. 연애에는 전혀 관심이 없어."

엄마에게서 물려받은 전례 없는 미모로, 언니와 함께 아이나는 원치 않게 남자들의 인기인이 되었다. 수많은 고백을 성가시다고 느끼는 것은 당연했지만, 자기 얼굴과 몸매가 남자의 정욕을 불러일으킬 정도로 뛰어나다는 것도 알고 있었다.

그러나 이 얼굴도 몸도 엄마에게서 태어난 것이고, 아빠에게도 귀엽다는 말을 자주 들었다. 그 사실에 자부심을 품고 있기 때문에 왜 이런 모습으로 낳았느냐며 불평할 생각 따윈 일절 없었다.

그렇게 성장해 나가면서 언니와 함께 아름다움이 무르익어 가던 아이나는 어느 날 이런 이야기를 듣고 말았다.

"신조 자매, 진짜 엄청 미인이지."

"아아. 그런 사람들이랑 하고 싶어!"

"가슴도 커서 감촉도 좋을 것 같아. 몇 컵 정도일까?"

구역질이 나는 대화였다.

그들은 같은 반 남자, 당연히 성은 알지만 이름은 모른다. 아이나는 조용히 그 자리를 떠났다.

"……역시 남자 따윈 쓰레기야. 이놈이고 저놈이고 몸에 관한 얘기뿐이야."

순정 만화에서 그려질 법한 연애에 동경을 품기도 했었다. 하지만 현실의 남자가 입에 담는 것은 아이나의 외모뿐이었다. 섹스한다는 건 서로 사랑을 나누는 행위, 그 연장선상에 출산이 있는 거겠지만…… 그것을 생각만 해도 아이나는 맹렬한 메스꺼움을 느끼게 되고 말았다.

그렇게 남자를 향한 혐오감은 나날이 커졌고, 그런 날들을 보내고 있을 때 그 사건이 일어났다. 집에 들이닥친 강도 사내는 사랑하는 엄마를 인질로 잡고 아리사와 아이나에게 옷을 벗으라고 명령했다.

"왜 우리들이 이런 일을…… 대체 왜……!"

결국 어떻게 해도 자신들은 불행하다고 생각할 수밖에 없었다.

아이나와 아리사가 고등학교에 입학한 이후, 엄마가 운영하는 속옷 브랜드 회사가 급성장한 덕분에 돈에는 어려움이 없었고,

엄마도 언니도 아이나에게 큰 사랑을 주었다. 생활하는 데 큰 불편함은 없었지만, 그럼에도 아빠를 잃은 뒤부터 어딘가 톱니바퀴가 하나 떨어져 나간 것이 분명했다.

"너희들, 엄마가 죽길 바라지 않으면 옷을 벗어."

"……!"

줄곧 지켜왔던 순결을 이런 곳에서 잃게 되는구나. 이미 아이나 안에는 체념이 자리했지만, 이것으로 조금이라도 언니와 엄마가 구원받을 수 있다면 다행이라고 생각했다. 그렇게 모든 걸 포기했을 때, 그가…… 호박 가면을 쓴 구세주가 나타났다.

갑자기 나타난 그는 순식간에 남자를 제압하고 세 사람을 구해냈다.

"이제 괜찮아."

괜찮다는 그 한마디에 얼마나 구원받았는가.

뚫려 있는 눈가의 구멍을 통해 보인 숨겨진 민낯, 그곳으로 들여다보이는 눈동자에는 깊은 다정함이 가득했다. 말 한마디와 함께 빛을 본 아이나는 쿵 하고 심장이 뛰는 소리를 들었다.

언니도 엄마도 그의 말에 안심함과 동시에 완전히 의지해 버릴 정도로, 세 사람은 그 순간 완전히 그에게 마음을 빼앗기고 말았다.

"어디에…… 어디에 있을까?"

이름도 밝히지 않고 떠나버린 그. 하지만 재회는 생각보다 빨랐다.

언니와 친구들과 함께 학생 식당으로 향하던 그때, 아이나는 자신을 바라보는 한 남자와 눈이 마주친 것이다.

"……?!"

그때 그 눈동자였다. 그 호박 속에서 보였던 눈동자와 똑같았다. 그 사실에 놀라 곧바로 시선을 돌리고 말았지만, 아이나의 심장은 쿵쾅쿵쾅 요란하게 요동쳤고 뺨은 열이 난 듯 급격히 뜨거워졌다.

아이나와 눈이 마주친 남자의 이름은 도모토 하야토. 이웃에 살고 있는 남자로, 만나면 인사만 하는 정도의 사이였다.

"……아핫♪"

아직 확실하진 않다. 하지만 아이나의 마음은 그가 그때 호박을 쓰고 있던 그라고 외치고 있었다. 언니에게 말을 전해두고 아이나는 그 뒷모습을 쫓았다. 그들이 자리에서 일어난 뒤 이야기한 내용은 핼러윈에 관한 것이었다.

하야토가 호박 가면과 레이저 소드라는 장난감을 샀다는 이야기였다. 그 시점에서 거의 확신으로 변해갔다. 그리고 결정적이었던 것은 방과 후. 고백을 받은 언니를 마중 갔다가 하야토를 만나 대화를 나눴을 때였다.

남자와의 대화에서 즐거움을 느낀 적은 처음이라 이런 시간이 계속 이어졌으면 좋겠다는 생각마저 들 정도였다. 마주했을 때의 키, 대화할 때의 목소리, 다시 확인한 눈동자에 깃든 빛, 완벽하게 하야토가 그때의 호박 가면이라는 걸 확신할 수 있었다.

그 이후로 아이나의 머릿속은 그의 생각뿐이었다.

하야토가 지금까지 혐오하고 있던 남자라는 틀 속에서 벗어나 완전히 자신의 안쪽으로 들어온 순간…… 동시에 당연히 이런 것도 상상했다.

자신과 섹스하고 싶다고 말했던 남자들의 대화, 기분 나쁘고 구역질 나는 그 행위의 상대가 만약 하야토였다면, 하고 상상해 버린 것이다.

"……하아…… 하야토 군…… 하야토 군……."

그가 아이나의 몸을 만지고 구석구석 사랑해 주는 모습을 상상했다. 그것만으로 아이나의 몸은 환희로 떨리고 뇌가 저릿할 정도의 무언가가 느껴졌다. 잠자고 있던 암컷의 본능이 개화하는 순간이었다.

섹스의 연장선에 있는 것은 바로 아이 만들기, 이 몸속에 그의 아이를 갖는다…… 이 얼마나 감미로운 울림인가! 혐오하던 행위는 상대가 바뀐 것만으로 아이나를 이렇게까지 바꿔버렸다.

"갖고 싶어…… 하야토 군을 원해."

더는 원래대로 돌아갈 수 없어.

그것을 아이나는 실감했고, 그럼에도 상관없다는 듯 정욕에 물든 미소를 지어 보였다.

아직 언니는 그를 모른다, 그러니까 그때까지는 자신이 하야토를 독점하겠다는 장난기가 피어올랐다. 자기 몸이 매력적이라는 것도 알고 있고, 문득문득 가슴이나 다리에 하야토의 시선이 향한다는 것도 알고 있었다.

"임신하고 싶어…… 아이를 만들고 싶어."

사랑을 나누고 싶다, 그리고 나아가 그의 아이를 잉태하고 싶다……. 그렇게 넘쳐흐를 듯한 엄청난 마음을 아이나는 품게 되었다.

문득 상상 속의 하야토가 입을 열었다.

『아이나, 내 아이를 낳아 줘.』

"……으읏~~~~~~!!"

"……아아아아앙♪"

나는 그만 날카로운 소리를 지르고 말았다.

자기 모습을 되돌아보니 도중부터는 하야토 군만 생각해 버렸고, 그에 대한 생각이 넘쳐흐른 나머지 몸이 절정을 느끼고 말았다.

"후우…… 후우…… 후우♪"

숨은 가쁘지만, 몸과 마음은 무척 만족스러웠다. 나는 여운에 잠기듯 하야토 군을 떠올렸다.

"……멋있어, 하야토 군♪ 좋아…… 좋아해♪"

인간은 마음 하나로 이렇게나 변하는구나. 스스로 감탄할 정도로 나는 변해버렸다…… 아니, 언니도 그렇겠지.

“나는 하야토 군의 아이를 낳고 싶고…… 언니는 하야토 군에게 예속되고 싶어 하는데…… 너무 무거운 거 아닐까, 우리.”

그래도 상관없다, 그의 곁에 있을 수 있다면. 그렇게 나는 혼자서 납득했다.

하지만 딱 한 가지 마음에 안 드는 게 있다.

“하야토 군, 중학생 때 애인이 있었다고 했지.”

그 말을 들었을 때, 내 안에 끓어오른 것은 엄청난 질투였다.

어디의 누군지도 모르는 사람이 내가 모르는 하야토 군을 알고 있다. 우리가 아직 얻지 못한 자리를 손에 넣은 상대를 질투한 것이다.

“후후, 하지만 아무래도 상관없지. 그런 과거의 상대 따윈 잊게 하면 그만이야. 그러니까 각오해, 하야토 군……. 나 하야토 군을 위해서라면 뭐든지 할 거니까.”

지금의 나는 대체 어떤 얼굴일까, 내가 말하는 것도 그렇지만 어쩌면 다른 사람에게 보여줄 수 없는 얼굴을 하고 있을지도 모른다.

“후후…… 아하하하!”

하야토 군을 생각하면 마음이 억제되지 않는다. 모처럼 발산했는데 또다시 해야겠네, 하고 난 다시 내 몸을 손으로 더듬었다.

“하야토 군, 다음엔 언제 만날 수 있을까?”

그렇게 중얼거린 나는 다시금 나만의 세계로 빠져들었다.

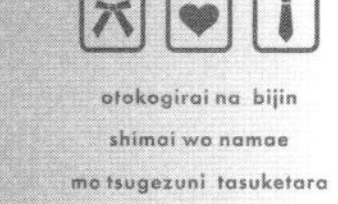

나 신조 아이나는 하야토 군과의 만남으로 인해 모든 것이 바뀌어 버렸다.

일상적인 변화는 아직 아무것도 없지만, 은인인 그를 떠올리는 것만으로 행복감을 느끼게 되었다. 좀 더 원해, 좀 더 그와 이어지길 바라고 만다.

"아이나는 이제 어쩔 거야~?"

"나는 좀 쉴게. 언니한테도 전해줄래?"

"알았어! 그럼 이따 합류하자!"

"응."

하야토 군 생각만 하게 되지만, 그것을 결코 겉으로 드러내지는 않는다.

그의 앞에서 평소와 다른 모습이 되는 것은 어쩔 수 없지만, 지금은 아직 언니 앞에서도 이 들뜬 모습을 보여줄 수는 없었다.

"……뭐지? 이쪽에서 하야토 군의 기척이 나."

나는 그의 기척에 이끌리듯 걷기 시작했다.

지금은 체육 시간이지만, 금요일 마지막 수업이었기에 선생님은 일주일간 열심히 한 보상의 의미로 약간의 자유 시간을 제공해 주었다.

멋대로 교실로 돌아가지만 않으면 극단적으로 말해 자는 것조차 가능했기에, 조금 전까지 소프트볼을 즐기던 나를 포함해 다른 아이들도 편하게 휴식을 취하고 있었다.

"하야토 군은 어디 있을까……."

체육 시간이라고는 하지만 반이 다른 하야토 군을 왜 찾고 있냐고? 그 이유는 단순하다. 오늘 체육은 그의 반과 합동 수업이었기 때문이다.

괜히 다른 사람들의 시선까지 모여 불쾌한 감정이 들기도 했지만, 가끔 하야토 군과 시선이 마주치는 것만으로 그 불쾌함조차 경감되었다……. 아니, 반대로 몸이 달아오르니까 하야토 군은 죄 많은 남자야.

"언니, 미안해. 조금만 더…… 조금만 더 내가 하야토 군을 독점하게 해줘. 가장 먼저 발견한 내 특권이라는 걸로♪"

곁에 없는 언니에게 사죄한 뒤 다시 하야토 군을 찾았다.

그의 곁에 누군가…… 이를테면 사이좋아 보이는 그 친구가 있다면 역시 가까이 갈 수 없을 테니 포기할 수밖에 없겠지만.

"……아."

하지만 하야토 군은 의외로 쉽사리 발견할 수 있었다.

교정 한쪽에 심어진 커다란 나무 그늘에서 그는 나무에 등을 맡긴 채 편안하게 잠들어 있었다.

발소리를 내지 않기 위해 천천히 다가간 나는, 그 옆에 걸터앉아 그의 잠든 얼굴을 바라보았다.

"……좋다."

가만히 보고만 있어도 빨려 들어갈 것만 같은, 평온한 자는 얼굴이다.

TV 같은 곳에서 보는 잘생긴 미남이라고는 할 수 없을지도 모르지만, 나에겐 세상에서 제일 멋진 사람으로 보였다……. 저기, 하야토 군, 그만큼 난 하야토 군에게 푹 빠져있어.

"……냄새 정도는 맡아봐도 되겠지?"

두근거리는 마음을 억누르고 나는 하야토 군에게 다가갔다.

킁킁하고 코를 울리며 가까이 다가가자, 남자의 페로몬이 담긴 향기가 내 비강을 간지럽혔다.

"웃…… 좀 위험할지도."

이렇게 그의 잠자는 얼굴을 보고만 있어도 저릿저릿한데, 그의 땀 냄새까지 맡아 버리니 아랫배가 쿵쿵거렸다.

"……꿀꺽."

내가 시선을 돌린 곳은 하야토 군의 무방비한 왼손이었다.

눈치채면 어쩌지, 눈을 뜨면 어쩌지, 그런 두근거림을 안고 그 손을 잡고 들어 올렸다.

"새근…… 새근……."

다행히 하야토 군은 전혀 깨어날 기미가 보이지 않았다.

그것을 알게 된 나는 곧바로 하야토 군의 손을 내 뺨에 갖다 대었고…… 곧 몸이 환희로 떨렸다.

직접 뺨에 닿은 그의 손에 행복을 느낀 나는 더욱 대담한 행동을 해보았다.

“저기, 하야토 군, 하야토 군은 큰 가슴을 좋아할까?”

그렇게 물으면서 나는 내 가슴에 하야토 군의 손을 얹었다.

직접 말하는 것도 좀 그렇지만, 내 몸은 많은 남자가 원할 정도로 성장했다는 것을 잘 알고 있었다.

언니보다 조금 큰 나의 가슴둘레는 최근 90을 돌파했지만, 아직도 성장하고 있다.

“하야토 군에게 거미 이야기를 했었지? 이렇게 조금씩 함정을 파뒀다가…… 마지막에는 확 먹어버릴 거야♪”

아아…… 아직 만족이 되지 않는다.

나는 조심스럽게 상황을 지켜보면서 하야토 군의 손을 하체 쪽으로 이동시켰다.

“……아앗♪”

확 먹어버린다고 말하긴 했지만, 사실은 반대로 하야토 군이 먹어줬으면 좋겠어…… ♪ 물론 본심이었다.

“……어?”

문득 잠이 깬 나는 주위를 둘러보았다.

“……아아, 맞다. 운동한 뒤에 피곤해서 그대로 잠들었구나.”

한 주의 마지막 체육은 교실로 돌아가거나 하지만 않으면 기본적으로 뭘 해도 상관없었다. 이렇게 잠을 자도 혼나거나 성적에

영향을 미치지 않는다는 건 솔직히 말해 최고라고 생각했다.

"……??"

하지만, 나는 거기서 옆에서 빤히 바라보는 듯한 시선을 느꼈다.

"……어?"

"안녕♪"

아이나였다.

내 어깨에 딱 달라붙은 정도까진 아니지만, 그 정도로 가까운 거리에 그녀의 얼굴이 있던 탓에 나는 반사적으로 허리를 띄우고 거리를 벌렸다.

"에이! 왜 멀어지는 거야~?"

그야 근처에 네가 있으면 누구라도 그렇게 되지 않을까……. 떨어지려고 하자 불만스러운 표정을 짓는 탓에 그럴 수도 없었다.

"……앞으로 15분 정도 남았네."

수업이 끝나기 전까지 앞으로 15분, 좀 더 쉬고 있을까.

"왜 아이나가 여기 있어?"

"소프트볼하다가 이제 쉬려고. 그래서 조용히 있을 장소를 찾다가 하야토 군을 발견했어."

"그렇구나."

확실히 이곳은 나무 그늘이 햇빛도 가리고 있고, 기분 탓인지는 몰라도 들려오는 반 아이들의 목소리도 멀게 느껴져서 무척 조용했다.

"뭔가…… 요즘 아이나 양과 자주 대화하는 느낌이야."

“그건 나도 그래. 너무 신선해♪”

생글생글 웃으며 아이나는 그렇게 말했다.

여전히 넋을 잃을 정도로 예쁜 미소에 심장이 쿵 내려앉은 나는 동요를 감추듯 다른 화제를 꺼냈다.

“그러고 보니 언니 곁에 있지 않아도 돼?”

“뭐야, 하야토 군은 나와 대화하는 게 싫어?”

하지만 뜻밖의 카운터가 나를 덮쳐왔다.

절대 싫지도 않고, 오히려 기쁘다는 생각마저 들지만…… 나는 솔직하게 생각한 것을 전했다.

“좀 주눅이 들어서. 미인 자매로 유명한 아이나 양과 대화하고 있는 거니까.”

이건 빈말이 아니라 속마음이었다.

아이나는 한순간 고개를 떨어뜨리고 몸을 떨더니 이내 고개를 들고 다시 기쁘다는 듯 미소 지었다.

“미인이라는 소릴 듣는 건 나쁘지 않네. 그렇구나, 하야토 군은 날 그렇게 생각하고 있었구나.”

“나뿐만 아니라 모두가 그렇게 생각할걸.”

그렇지 않았다면 이렇게 학교 단위로 유명해지지는 않았을 거다.

“……필요 없어. 하야토 군 이외의 말은.”

“어?”

“아무것도 아냐♪ 아, 좀 더 얘기하고 싶은데 시간이 다 됐네.”

“……어?!”

시계를 확인하니 슬슬 선생님이 있는 곳에 모여야 할 시간이 다가오고 있었다.

우리는 당황하며 일어섰고, 그 순간 아이나의 몸이 휘청이는 것 같아 나는 곧바로 그녀의 몸에 손을 얹었다.

“아, 고마워, 하야토 군…….”

“……응.”

하지만 여기서 한 가지 문제가 발생하고 말았다.

이쪽으로 쓰러지는 듯한 자세였던 탓에 내 한 손이 아이나의 풍만한 가슴에 닿아 버리고 만 것이다.

“헉…….”

“하야토 군, 화내지 않을 테니까 안심해. 도와준 거니까 반대로 고마워 ♪”

변태, 또는 만지지 말라는 말과 함께 따귀 한 방 정도는 각오했는데, 그런 일은 없었다. 미소 짓는 아이나의 모습이 마치 여신과 비슷한 무언가로 보였다.

“요즘 하야토 군은 나와 자주 대화한다고 했지만, 내가 생각하기엔 하야토 군에게 자주 도움을 받는 것 같아, 정말로.”

“……아, 전에도 사전이 떨어진 적이 있었지.”

“왜 그렇게 도와주는 거야?”

“그 정도는 당연한 거 아니야?”

어려운 사람이 있으면 도와주는 것은 당연하다.

　물론 상황에 따라 다르기도 하겠지만, 누군가를 돕는다…… 혹은 지킨다는 것을 어쩌면 아빠를 보며 배운 것일지도 모른다.

“…….”

　가족을 떠올리며 입을 다물자, 아이나가 걱정스럽게 바라봤다.

“미안, 잠깐 생각난 게 있어서. 그보다 대화할 때가 아니야!”

“그러네! 서두르자, 하야토 군!”

　전에도 그랬지만 아이나와 엮이면 시간에 늘 쫓기는 것 같은데 기분 탓일까?

　그렇게 묻자, 아이나는 그렇지 않다고 말하면서도 어쩌면 그럴지도 모른다며, 표정이 시시각각으로 변했다. 그런 그녀를 바라보는 일은 무척 즐거웠다.

“있지, 하야토 군, 나는 천천히 실을 엮어갈 거야.”

“실?”

“응. 말했지? 나는 거미를 좋아한다고.”

　무슨 뜻인지 이해하지 못한 것이 공부 부족 때문은 아니라고 생각하고 싶다.

　이후 나와 아이나는 무사히 모두와 합류했고, 둘이 함께 돌아온 것 때문에 시선을 조금 모으긴 했지만 별다른 일은 없었다.

　나 같은 녀석이 아이나랑 만일의 일이 생길 가능성은 생각조차 안 하기 때문일까.

“별일이네. 하야토가 신조 여동생이랑 같이 있다니.”

“잠깐 저기서 합류한 것뿐이야. 수상한 이야기는 없었어.”

“그야 그렇겠지.”

물론 그녀와 지척에서 이야기를 나누거나 가슴에 손이 닿는 사고는 있었지만, 당연히 그것을 친구들에게 말할 수는 없었다.

“다들 수고했다. 해산!”

선생님의 목소리를 들은 우리는 일제히 움직이기 시작했다.

그런 와중, 나는 아이나와 대화했을 때 사실 한 가지 신경 쓰였던 것이 있었다.

“……뭐지?”

왼손 손가락에 미끈거리는 액체가 묻어 있었다.

강한 점성은 없지만 약간 실이 생기는 정도로…… 게다가 냄새는 시큼하면서도 달콤한, 표현하기 어려운 향이지만 불쾌한 느낌은 들지 않았다.

“아이나는 어디서 쉬고 있었어?”

“나? 나는 말이지……?”

아리사와 사이좋게 대화를 나누고 있는 아이나와 눈이 마주치자, 그녀는 한순간 내게 윙크했다.

“왜 그러는——.”

“아무것도 아니야~. 빨리 돌아가자, 언니.”

“어? 어어…….”

그대로 아이나는 뒤돌아보지 않고 걸어갔지만, 지금의 윙크에 반응한 것은 내가 아니었다.

“야, 야…… 지금 신조가 윙크했지?”

“나한테 한 거야, 분명!”

“아니, 나거든!”

옆을 걷던 같은 반 남자애들 사이에서 그런 식으로 분위기가 달아올랐다. 지금 그건 아마도 날 향한 거겠지. 물론 입 밖으로 말하진 않겠지만, 그렇게 생각할 수 있게 된 정도로는 아이나와 친해졌구나 싶은 마음에 조금 기뻤다.

‘이렇게 말하면 좀 그렇지만 아이나는 폭풍 같은 아이인 것 같아.’

아리사의 고백 현장을 함께하게 된 이후, 어떤 부분이 그녀의 마음에 들었는지 이렇게 대화하는 사이가 되었지만, 나로서는 아이나처럼 쉽게 타인의 안쪽으로 파고들어 본인의 페이스대로 이끌어가는 것이 마치 폭풍처럼 느껴졌다.

‘……뭐, 그래도 아이나도 아리사도 그 일은 신경 쓰지 않고 지내는 것 같아 다행이다.’

여성에게 그런 경험은 정말 무서운 것일 테니 트라우마가 남아도 이상하지 않았다.

그래도 평소처럼…… 아니, 딱히 내가 그녀들의 평소 모습을 알고 있는 건 아니지만, 옆에 있는 친구들이 변함없는 모습으로 대한다는 것은 그녀들도 평소의 모습대로 지낸다는 거겠지.

‘그것만으로도 내가 그때 애쓴 보람은 있는 셈이지.’

몸을 던지길 잘했다며, 나는 다시 한번 진심으로 그렇게 생각했다.

“하야토, 너 왜 그래?”

“뭘 그렇게 히죽거려. 야한 생각 하냐?”

“왜 그렇게 되는데.”

모처럼 남이 기뻐하고 있는데. 나는 방해하러 온 친구 두 명에게 불평하면서 교실로 돌아갔다.

한 주의 마지막 수업도 끝을 맞이하고 이제 돌아가는 일만 남았지만, 나는 문득 교실 창가에 놓여 있던 꽃병에 눈길이 갔다.

“……뭐야, 물 안 바꿨잖아.”

다른 반은 어떤지 모르겠지만 우리 반에서는 기본적으로 꽃병의 물은 당번이 바꾸는 게 규칙이었다. 그러나 이미 오늘 당번의 모습은 교실에 없었고 물은 탁한 색 그대로…… 나는 한숨을 내쉬며 꽃병을 들었다.

“바꿔둘까. 이 녀석도 깨끗한 물을 더 좋아할 테니까.”

수도가 있는 곳까지 가서 깨끗한 물로 바꿔주었다.

굳이 이런 것까지 신경 쓸 필요 없지 않나 싶을 수도 있지만, 우리 집은 엄마가 꽃의 물을 자주 갈아주셨기 때문에, 나도 이런 걸 눈치채면 그냥 넘어갈 수가 없었다.

“좋아, 이 정도면 되겠지.”

신선한 물을 얻은 이 녀석도 기분 탓인지 어쩐지 기운이 난 것 같았다.

“……이런 작은 일이라도 돌아가신 엄마와의 연결고리를 느낄 수 있으니 나쁘지 않네.”

물론 아빠에 대해서도…… 아무래도 이렇게 가족을 생각하다 보면 어쩔 수 없이 감성적인 기분이 들고 만다.

"얼른 돌아가자."

그 후 나는 꽃병을 제자리에 두고 학교를 나왔다.

집으로 가는 도중, 이번 주는 참 많은 일이 있었다는 생각이 들었다. ……정말로 몹시 많은 일이 있었다.

"기분 탓일지도 모르지만…… 뭔가 앞으로 여러모로 변할 것 같다는 예감이 드네."

마치 내가 예언자라도 된 듯한 느낌이었는데, 이상한 일이라며 웃어넘기지도 못한 채 나는 그대로 핼러윈 당일을 맞이했다.

다음 날 토요일, 간절히 기다렸다고 할 정도는 아니었지만, 주위가 어두워질 무렵 시간에 맞춰 소타의 집으로 향했다.

내가 손에 들고 있는 것은 약간의 과일과 코스프레를 위해 준비한 지난번 그 아이템들이었다.

"너를 쓰는 것도 그때 이후로 처음이구나."

봉투 사이로 엿보이는 호박 가면…… 여전히 열받는 얼굴을 하고 있었다.

그런 일이 있었는데도, 그런 건 신경 쓰지 말고 '지금을 즐기며 살거라, 형제여'라고 말하고 있는 것 같은 얼굴이다, 이 호박.

"하지만 이 녀석이 있어서 그때 그 강도 앞에 나갈 용기가 생긴 거나 다름없으니까…… 뭐, 오늘도 잘 부탁해."

톡톡, 자루 너머로 호박을 두드린 나는 소타의 집에 도착했다.

마침 카이토도 거의 비슷하게 도착한 것인지, 소타의 엄마에게 파티장이 될 안뜰로 안내받았다. 그리고 그곳에 있던 것은 완벽한 코스프레 차림을 한 소타였다.

"어서 와라! 오늘은 두 사람 다 마음껏 즐기도록!"

그렇게 말하며 우리를 맞이한 소타를 보며 나와 카이토는 크게 소리쳤다.

"얼마나 기합을 넣은 거야!"

"순간 누구인가 했네!"

나와 카이토가 그렇게 말한 것도 무리는 아니었다. 눈앞의 소타는 마술사 같은 모습으로 등장했는데, 다채로운 의상뿐만 아니라 손에 들고 있는 마법 지팡이 같은 것도 꽤 돈을 들인 것인지 무척 화려했다.

"오타쿠로서 당연한 거다! 하지만 내 진심은 아직 이 정도가 아니야!"

"……아니, 그 정도면 이미 충분해."

SNS 같은 곳에서 코스프레를 한 사람 사진을 본 적은 있는데, 그것에 뒤지지 않을 정도의 완성도라고 해도 좋지 않을까?

소타가 오타쿠인 건 이미 알고 있었고, 코스프레를 취미로 하고 있다는 말도 이미 들었는데, 이렇게까지 제대로 할 거라고는 생각하지 못했다.

"자자, 너희들도 얼른 옷 갈아입고 와."

"······널 보고 나니까 좀."

"우리가 완전 평범해 보이잖아."

어쨌든 나와 카이토도 바로 코스프레를 하고 안뜰에 다시 모였다.

카이토는 드라큘라를 모티브로 한 코스프레를 했는데, 정장과 망토를 차려입고 얼굴에 페인트까지 칠해 꽤 그럴싸한 모습이었다.

"나는 핼러윈 하면 드라큘라라고 생각했거든."

"꽤 괜찮지 않아? 그에 반해······."

두 사람이 눈을 돌린 건 나였다.

나는 평소 입는 사복에 호박 가면과 장난감 레이저 소드를 손에 쥐고 있을 뿐이었다.

"재미없긴······."

"시끄러워. 난 이거면 됐어."

물론 좀 더 공을 들이는 편이 좋지 않았을까 하는 생각도 했었다.

지금 내 모습은 완전히 신조 자매와 엄마를 구하러 갔을 때와 같은 모습이고, 역시 이 모습으로는 그녀들 앞에 나설 수도 없었다.

'뭐, 이 모습을 하는 것도 오늘이 마지막인가······. 내년에도 이렇게 모인다면 또 모르겠지만.'

그런 생각을 하고 있는데, 두 사람이 나를 뚫어져라 쳐다보더니 이렇게 말하는 것이었다.

"……근데 뭔가 분위기 있네."

"확실히…… 강자의 포스가 느껴져."

"뭔 소리야."

아무래도 그들에게 지금의 난 굉장히 강한 녀석처럼 보이나 보다.

알 수 없는 기대가 담긴 두 사람의 눈동자에 화답하듯 나는 레이저 소드를 들고 검도하던 시절을 떠올리며 유연한 움직임으로 휘둘렀다. 그러자 두 사람이 박수를 보냈다.

"진짜로 강해 보여."

"기분 탓인진 모르겠지만 좀 무서운 것 같기도 하고."

"그러니까 대체 왜!"

지금의 내 모습이 무섭다는 건 이해했으니 이제 그만했으면 좋겠다.

오랜만에 검도의 움직임을 보여준 데다 친구들을 향해 반박하는 것에도 지쳐버린 나는 의자에 앉아 호박을 벗었다.

"좋아, 그러면 코스프레 자랑도 끝났으니 밥 먹자!"

우리가 둘러앉아 있는 테이블에는 이미 소타 엄마가 해주신 음식들이 놓여 있었다. 사실 아까부터 계속 배가 꼬르륵거렸다.

"잘 먹겠습니다!"

그 후로는 이제 코스프레 파티라는 이름의 식사 모임일 뿐이었다.

　나도 카이토도 소타의 엄마가 만들어 준 요리에 집중했고, 성장기인 것도 있어서 정말 배가 가득해질 정도로 먹고 말았다.

　‘……역시 좋네, 직접 만든 요리는.’

　학생 식당이야 그렇다 쳐도, 기본적으로 집에 있을 때는 컵라면이나 편의점 도시락인 경우가 많고 요리하는 일은 거의 없었다……. 그래서 더더욱 이렇게 애정이 담긴 가정적인 요리가 조금은 부러웠다.

　“더 가져왔단다. 후후, 하야토 군은 정말 맛있게 먹어주는구나. 만든 보람이 있어.”

　“감사합니다! 진짜 최고예요!”

　흔히 남고생들이 좋아할 법한 닭튀김이나 감자튀김도 있고 핼러윈답게 호박수프 같은 것도 있었는데 하나같이 최고로 맛있었다.

　“기뻐라. 우리 아들 녀석도 이 정도로 솔직하게 감사를 해주면 좋을 텐데.”

　“부끄러운 내 심정도 좀 알아줘.”

　확실히 평소에 함께하는 가족들에게 감사를 전하는 것은 부끄러운 일일 수도 있다. 그렇지만 전해야 할 때는 전하는 것이 중요하다고 생각한다.

　“고맙다는 말만 하면 되잖아? 말할 수 있을 때 말해둬. 가족은 소중히 여겨야 해, 소타.”

　“……그래, 그렇지. 응, 맞아. 고마워, 엄마.”

순순히 감사의 말을 전한 소타를 나와 카이토는 흐뭇한 얼굴로 바라보았다.

소타 입장에서는 내 발언이 좀 잔소리처럼 느껴질 수도 있었을 텐데, 이렇게 받아주는 것을 보면 내가 일찍 부모님을 여읜 걸 알기에 진지하게 들어준 것 같았다.

"역시 아들에게 인사받는 건 기쁘구나……. 저기, 하야토 군, 정말 곤란한 일은 없니?"

소타를 향한 미소 짓는 얼굴에서 표정을 바꾸고, 그의 엄마가 나를 바라보는 표정에는 짙은 근심의 빛이 어려 있었다.

"괜찮아요. 전에도 말씀드렸지만, 외조부모님이 잘해주세요."

부모님을 잊지 못하는 나의 의도를 헤아린 것인지 내 고집을 들어주기도 하고, 돈에 관해서도 곤란하지 않을 만큼은 보내주고 계신다.

그 두 분은 나를 무척이나 아껴주고 계셨다.

지금 가장 가까운 휴일은 설 연휴인가. 선물이라도 들고 뵈러 가야겠네.

"야, 하야토, 진짜로 무슨 일이 있으면 상담해."

"우린 절친이잖아. 사양할 거 아무것도 없어."

"……하하, 그래."

평소에는 다 같이 바보짓만 하다가도 이럴 때는 멋있어지는 이 두 사람은 카이토도 말했듯이 내 최고의 절친이다.

그 후 우리는 동네에 폐가 되지 않을 수준으로 즐겁게 떠들며 놀았다.

"야, 모처럼 이렇게 모였으니까, 사진이라도 찍지 않을래?"

"좋네!"

"찬성!"

하긴 이런 가장을 하고 단순히 수다만 떨고 밥만 먹기엔 아까우니까.

입을 연 카이토의 말에 나와 소타는 찬성하였고, 소타의 엄마에게 우리 세 사람을 함께 찍어 달라고 부탁했다.

일 년에 한 번밖에 없는 이벤트. 단 3명뿐인 모임이었지만, 나에게는 소중한 친구들과의 모임이었기에 또 내년에도 이렇게 놀자며 웃으면서 약속했다.

"오늘은 고마웠어. 난 먼저 간다."

"그래. 또 학교에서 보자!"

"조심히 가~!"

카이토는 좀 더 있겠다고 해서 나는 한발 앞서 소타의 집을 나섰다.

주변은 이미 캄캄해졌고, 가로등이 켜진 길을 혼자 걷고 있으니 무척 조용했다. 그것은 집에 돌아와서도 마찬가지였다.

"오랜만에 정신없이 놀았네. 참 즐거웠는데……. 집에 가면 또 혼자겠지만……."

조금 전까지의 소란스러움에서 이대로 돌아오니 혼자가 되고, 소란스러움과는 무관한 평소의 모습이 나를 기다리고 있다.

“외롭네…… 정말.”

아빠가 사고를 당하지 않았다면, 엄마가 병에 걸리지 않았다면……. 지금도 계속 돌아오면 불이 켜져 있고, 기다리고 있는 사람이 있었겠지.

『하야토, 엄마한테 마음껏 어리광 부려. 자식은 원래 부모에게 어리광을 부리는 거야.』

『그래. 어릴 때 엄마한테 어리광을 부려야지. 크면 이렇게 못 한다?』

과거 이렇게 말씀하셨던 부모님의 목소리가 되살아났다.

어리광이라……. 이제 그런 것도 할 수 없잖아…… 엄마, 아빠.

“넌 정말 태평한 얼굴이구나.”

부모님 생각에 잠길 뻔한 기분을 외면하듯, 나는 호박 가면을 들어서 바라보았다.

정말 얄미운 얼굴이라 마치 남을 비웃는 것 같은 표정이다.

대체 이 녀석은 무슨 생각을 하는 걸까. 그런 마음으로 호박을 툭툭 친 나는 또다시 그것을 뒤집어썼다.

“모처럼의 핼러윈이니까. 조금은 더 기분 내도 괜찮겠지……?”

소란스러운 번화가 쪽이라면 몰라도, 이런 장소에서 이걸 뒤집어쓰고 있다가 누군가와 마주치면 비명이 울릴지도 모른다. 그래도 이 길의 막다른 곳까지만 쓰고 가보고 싶다는 생각이 들고 말았다.

“흠흠~ ♪”

좋아하는 가수의 노래를 흥얼거리며 기분 좋게 걸어갔다.

그리고 코너로 접어들었고, 누군가가 있을까 하는 두근거림을 안고 있던 나는, 곧바로 스스로를 저주하고 싶어졌다.

"……이런."

코너를 돈 순간, 진짜 사람과 마주치고 말았다. 그것도 마주치면 몹시 곤란한 상대와.

"어……?"

"앗?!"

운명의 장난인지 아니면 들떠있던 벌인지, 눈앞에 나타난 것은 이 모습으로 가장 만나면 안 될 아리사와 아이나였다.

'왜 이런 곳에 이 두 사람이 있는 거지?!'

둘 다 아연실색한 얼굴로 나를 쳐다본 채 꿈쩍도 하지 않았다.

왜 두 사람이 여기에 있는지, 왜 이런 곳을 걷고 있는지, 의문은 끝이 없었지만, 나는 곧바로 등을 돌리고 걷기 시작했다.

하지만 얼마 가지 못해 강한 힘으로 어깨를 붙잡혔다.

"기다려 주세요!"

어깨를 붙잡힌 것뿐만이 아니었다. 그 목소리에는 나를 그 자리에 붙잡아 두는 힘이 있었다.

나를 만진 것도 소리친 것도 아리사였는데, 그녀에게서 느껴진 그 감정이 손을 떨쳐내고 도망치려는 마음마저 봉쇄하는 것 같았다. 나는 속으로 한숨을 내쉬며 몸을 돌렸다.

"무슨 볼일이라도?"

너무 억양 없는 목소리가 나왔다. 역시 난 이렇게 얼굴을 가리면 평소와 다른 내가 될 수 있는 것 같다.

호박을 뒤집어쓴 나를 빤히 쳐다보기만 하는 미소녀라는 구도, 이 너무나도 기이한 광경에 돌을 던진 것은 아이나였다.

"자자, 언니, 이 사람도 곤란해 보이니까 일단 진정하자. 근처에 공원이 있으니까, 너도 어때?"

"……그러지."

잠시 망설였지만, 역시 이대로 떠나기는 어렵겠지.

두 사람에게 끌려가듯 동네 공원으로 온 나는, 새로 교체한 듯한 가로등 아래의 벤치에 자리했다.

"……."

"웃차."

가운데에 내가 앉고 그 양옆을 메우듯이 두 사람이 앉았다.

왼쪽에는 한시도 나에게서 시선을 떼지 않는 아리사가, 오른쪽에는 평소처럼 웃는 아이나가 있었다.

'두 미녀 사이에 끼어 눈치 보고 있는 호박 머리 남자……. 이게 뭐 하는 짓이람?'

다시 한번 말하겠다. 뭐야, 이 기이한 그림은!

어떤 의미로는 식은땀을 줄줄 흘리는 얼굴을 보이지 않아 다행이라고 생각하면서, 난 아까부터 열렬한 시선을 보내는 아리사를 힐끗 바라보았다.

"아아…… 멋져."

이 사람은 호박을 상대로 뭘 이렇게 황홀한 표정을 짓고 있는 거지?

이 상황을 타개할 방법을 찾지 못한 나에게 구원의 손길을 뻗치듯 아이나가 먼저 입을 열었다.

"언니? 감동하는 마음에는 진심으로 동의하지만, 곤란하게 하면 안 되지."

"아…… 그렇지. 그 말이 맞아."

그제야 아리사의 눈빛이 약해진 기분이 들었다.

아이나의 말을 듣고 크흠 하고 헛기침을 한 아리사는 차분한 모습으로 다시 나에게 이렇게 말했다.

"그때는 정말 감사했어요. 우리 가족은 당신께 구원받았습니다."

아까부터 계속 쥐어져 있는 아리사의 손에 힘이 실렸다.

고맙다는 말을 듣고 나는 똑바로 그녀를 바라보았지만, 아리사는 그때 보여준 눈빛을 하고 있었다. 의지할 수 있는 존재를 앞에 두고 희망을 본 듯한 눈동자.

아리사에게 의식이 쏠리려는데, 반대편에 앉아 있던 아이나도 내 어깨에 손을 얹으며 부드럽게 쓰다듬고 있었다.

"당신의 이름을 알려주시면 안 될까요?"

그것은 너무나도 간절한 목소리였다.

이름을 말하기 전까지 손을 절대 놔주지 않을 것 같은 분위기였다. 나는 어떻게 할지 잠시 망설였지만, 순순히 대답하기로 했다.

그것은 도모토 하야토로서가 아니라, 그 이외의 다른 누군가로서.

그날 밤과 지금뿐인 만남, 그러니 기억할 필요 없이 바로 잊어주길 바라는 마음으로.

"이름은…….."

"……."

나의 말을 아리사는 계속 기다렸다.

본명을 전하지 않고 내가 이 자리를 넘기기 위해 떠올린 이름은 이것이었다.

"잭. 내 이름은 잭이야."

잭 오 랜턴에서 따온 이 이름, 완벽하지 않은가?!

하지만 두 사람의 반응은 극과 극이었다.

"잭 씨♪"

"푸흡!"

얼굴을 붉히며 감격한 듯 잭이라고 중얼거리는 아리사와 배를 움켜쥐고 폭소하는 아이나.

"당신이 제…….."

그런데…… 한마디만 해도 될까?

잭이라는 이름을 말한 뒤에 아리사의 눈빛이 더욱 무서워졌는데.

'새삼스럽지만 잭은 좀 아니었나……. 너무 창피하다. 왜 난 혼자 자신에 넘쳐서 우쭐했던 거냐! 뭐, 얼굴은 보이지 않았겠지만!'

도망치고 싶다, 이 부끄러움을 어떻게든 없애고 싶다……. 하지만 양옆에 두 사람이 떡하니 자리하고 있어 도망칠 수 없는 이 딜레마가 괴로웠다.

'……게다가 두 사람이 가까이 붙어 있어서 그런지 가슴의 감촉이 전해져.'

고등학생의 수준을 벗어난 사이즈와 그 부드러움에 정신이 아득해질 지경이었다.

누구라도 상관없어. 이 천국이라고도 할 수 있고 지옥이라고도 할 수 있는 공간에서 나를 구해줘!

마음속으로 외쳤지만, 당연히 도움이 올 리가 없다.

"후후, 난처해 보이네, 하야토 군?"

"그럴 수밖에…… 어?"

나는 무심코 아이나에게 시선을 돌렸다.

"하야토 군이라니?"

아리사 쪽에서 당황한 목소리가 들렸지만, 지금의 나는 그쪽에 의식을 할애할 여유가 없었다.

아이나는 결코 놀리는 듯한 표정이 아닌, 한없이 상냥하고 상대를 안심시키는 듯한 눈빛으로 나를 바라보고 있었다.

"미안. 사실 얼마 전부터 알고 있었어. 언니는 지금까지 눈치채지 못했지만, 난 이미 알고 있었거든."

웃는 얼굴과 미안한 표정이 섞인 얼굴로 그렇게 말한 아이나에게, 나는 가면 아래에서 작게 한숨을 내쉬었다.

아무래도 사람이라는 존재는 너무 놀라면 냉정해지는 것 같다.

나는 확실하게 아이나의 말을 이해했다. 이렇게 민낯을 감추고 있는데도 나를 하야토라고 불렀다면, 그녀는 이미 모든 걸 알고 있다는 의미다.

"……더는 얼굴을 가리고 있어도 의미 없겠네."

이미 들켰다면 어쩔 수 없다고 생각한 나는 호박을 벗었다.

"하야토 군이다!"

"다, 당신은……."

호박을 벗은 나를 보고 가장 먼저 아이나가 소리쳤고, 아리사는 나의 모습을 보고 정말로 놀라고 있었…… 잠깐, 아이나 너무 가까워! 아까보다 더 가깝다고!

"저기, 부끄러우니까 좀 떨어져주면……."

"에엥~? 모처럼 감동의 재회를 했는데!"

아니, 아이나는 내 정체를 알고 있었잖아. 그리고 어제도, 그저께도 이야기를 나눴으니, 재회라고 할 정도는 아니잖아?

그나저나 그녀는 언제 나라는 걸 눈치챈 거지?

그게 궁금해서 물어봤는데, 그녀의 대답에 더 경악하고 말았다.

"언니의 고백 현장에 있을 때 ♪"

"……거의 처음부터잖아."

그렇다면 그때부터 안 들키려고 애쓰던 내 고생은 대체 뭐였지? 참고로 그때는 80% 정도 확정이었고 그 후의 대화를 통해 완전히 간파했다고 한다.

"아이나……."

"잠깐이라도 독점하고 싶었거든……."

"정말이지, 어쩔 수 없는 아이라니까."

나를 사이에 두고 화기애애하게 대화를 주고받는 자매 두 사람, 하지만 손을 잡고 있는 아리사의 힘은 정말이지 강했다.

여기까지 온 이상 될 대로 되라 싶은 심정이 된 나는, 다시 한 번 아리사에게 시선을 돌리고 입을 열었다.

"그…… 말 안 해서 미안해. 아니, 사과하는 것도 뭔가 좀 이상하지만."

애초에 내가 그때 도와준 사람이라고 말할 생각은 당연히 없었고, 몇 번이나 말하지만 보답 같은 것도 원하지 않았다.

그런데도 이렇게 들켜버린 것은 단순히 운이 나빴던 것과 우연이 겹친 결과로…… 아니, 아이나가 이미 눈치챘다면 아리사도 금방 눈치챘을지도 모르겠다.

"하야토…… 님……."

"님……?!"

잠시 고개를 숙이고 있던 아리사가 이내 고개를 들었다.

"재차 인사드릴게요. 신조 아리사입니다. 만나서 반가워요……."

눈을 가늘게 뜨고, 눈 부신 것이라도 바라보는 듯한 행동을 하는 아리사의 모습에 나는 당황스러움을 느꼈다.

아리사가 바라보는 시선에서 섬뜩한 무언가를 살짝 느꼈지만, 그럼에도 시선을 돌릴 수 없게 하는 무언가가 있었다.

"잘 부탁해…… 신조."

그렇게 대답하자 옆에서 아이나가 내 얼굴을 들여다보며 이렇게 말했다.

"나랑은 이미 친해졌거든, 헤헤♪"

"잠깐, 아이나 양……?"

"……아이나?"

아리사에게서 살짝 음침한 분위기가 풍겨왔지만, 곧 그 분위기는 잠잠해지고 아이나에게 대항하듯 몸을 내밀었다.

"저도 아리사라고 이름으로 불러주시겠어요? 당신이 부디 이름으로, 사양하지 않고 불러 주셨으면 좋겠어요."

"……."

이름으로 부르는 것 자체는 전혀 상관없지만, 아이나 때도 생각한 것처럼 과분하다는 생각이 들어 참기 힘든 기분이었다.

하지만 아이나는 이름으로 부르고 있고, 앞으로도 아리사를 성으로 부른다면 그건 그거대로 불공평한가……? 사치스러운 고민이지만 난 결국 포기하고 그녀의 이름을 입에 올렸다.

"아리사 양?"

"웃…… 이름만으로 불러주세요. 제발 저를 물건처럼…… 실례, 가까운 친구처럼 불러주세요."

"으음……."

그러니까 이름은 친구 단계라고!

이름만으로 부를 때까지 눈을 떼지 않겠다. 그렇게 말하기라도 하듯 아리사가 그 푸른 눈동자로 지그시 바라보는 탓에…… 결국

난 포기했다.

"알았어. 그 대신 나에게도 평범하게 대해 주지 않을래? 너랑은 처음 얘기한 것 같은데, 동급생한테 존댓말을 받는 것도 이상하잖아."

"그건…… 저한테 너무 과분해서……."

"그건 내가 하고 싶은 말인데……."

내가 해야 할 말이지. 중요한 일이라 두 번 말했다.

그저 존댓말을 빼고 반말로 말하는 것뿐인데 아리사는 한참을 열심히 고민하는가 싶더니, 힘겹게 수긍한 듯 고개를 끄덕였다.

"알겠…… 알겠어. 잘 부탁해, 하야토 군."

"응, 잘 부탁해, 아리사."

"……흐아♪"

완벽하게 정돈된 그 얼굴이 무너지며 아리사가 히죽히죽 미소 지었다.

입가를 우물거리며 아래를 향해 무언가 중얼거리는 아리사가 무서워 나는 무심코 등 뒤로 몸을 기울였는데, 그러자 뒤에 기다리고 있는 아이나와 닿고 말았다.

"언니만 치사해. 나도 이름으로 불러줄 수 있지?"

"……아이나?"

"읏…… 좋아. 두근두근해♪"

아래를 보고 중얼거리는 아리사, 몸을 떨며 움찔거리는 아이나, 그런 두 사람에게 끼인 채 호박을 들고 있는 나……. 진짜 뭘까,

이 광경은.

그 후 밤늦은 시간이기도 해서 각자 해산하게 되었다.

나는 시종일관 그녀들의 페이스에 당황했던 것 같지만. 어쨌든 마지막에 그녀들에게 하고 싶은 말이 있었다.

"둘 다 근처까지 데려다줄게…… 아니, 데려다주게 해줘."

아무리 둘이 함께라고 해도 이미 주변은 어둡다. 그리고 그런 일도 있었으니까 괜히 더 걱정되었다.

"그 일 이후로 경찰들이 이 주변 순찰을 강화했지만, 그래도 내가 안심하고 싶으니까 데려다주게 해줘."

"걱정해 주는 거야?"

"당연하지."

"읏…… 하야토 군♪"

여자는 보호해야 하는 존재라고 강요할 생각은 없지만, 그녀들은 그런 사고를 겪었으니까.

그 후 나는 두 사람을 집 근처까지 데려다주었는데, 솔직히 말하자면 오히려 두 사람에게 끌려간 기분이었다.

"또 봐, 하야토 군!"

"또 학교에서 만나."

두 미인에게 배웅받고 이번에야말로 나는 집으로 돌아갔다.

정말이지 밀도 있는 시간을 보내서 지쳤지만, 그녀들과의 거리가 너무나도 가까웠던 탓에 느꼈던 따뜻함과 부드러움, 그리고 좋은 향기가 떠올라 뺨이 뜨거워지고 말았다.

"……나도 역시 흔한 고등학생 나부랭이구나."
그런 생각을 하면서 집으로 향했다.

▶ ▷

그것이 운명이라고 말한다면, 나는 그것을 믿을 것이다.
강도에게 습격당한 날 이후 며칠이 지나, 마침내 나는 그와 재회했다. 처음엔 잭이라고 자칭한 그였지만, 사실 아이나와는 이미 아는 사이였고, 같은 학교에 다니는 동급생인 것도 알게 되었다.
"도모토…… 하야토 군…… 하야토 군…… 하야토 님."
그가 호박 가면을 벗어서 보여준 민낯, 그것을 이 눈에 담았을 때 쿵 내려앉던 그때의 고동이 되살아나는 것 같았다.
약간 곱슬기 있는 머리카락에 다정한 눈빛은 그야말로 보기 좋은 청년이라는 느낌이었다.
근육질인가 했더니 그렇지는 않았다. 하지만 단련하고 있다는 걸 알 수 있었다. 어쩌면 뭔가 스포츠를 했을지도 모른다.
여러 가지 생각이 들긴 했지만, 나는 단번에 그라는 존재에 빠져들고 말았다. 더 이야기하고 싶어, 더 당신의 시선을 받고 싶어, 더 당신이 이름을 불러줬으면 좋겠어.
빨리 당신의 소유물이 되고 싶어.
"……후후."
이 정도의 고양은 처음이었다.

그 사람이 나의…… 그것을 상상하면 찌잉 하고 몸 안이 쑤셨다. 좀 더 그의 곁에 있고 싶다, 그를 기쁘게 해주고 싶다, 나의 모든 것으로 그라는 존재를 지탱해 주고 싶다……. 나는 온통 그런 생각뿐이었다.

“게다가…… 그는 우리를 계속 지켜봐 줬어.”

하야토 군은 줄곧 우리를 봐주고 있었다.

근처에 살고 있다는 것은 알고 있었고, 눈이 마주치면 인사는 하고 있었다. 왜 진작에 그를 알아보지 못했느냐며 과거의 자신을 저주하고 싶었다. 그는 계속 우리를 지켜주고 있었다.

“그래…… 하야토 군은 계속 우리를 지켜주고 있었어. 그때 그가 우리를 도와준 건 필연이었던 거야.”

그래, 그는 계속…… 어라? 그렇다면 난 뭘 하고 있었지?

그가 계속 우리를 지켜주고 있었는데 난 그에게 뭘 해줬을까?

그래…… 아무것도 하지 않았어. 그렇다면 역시 내가 갈 길은 하나뿐이다. 계속 그가 우리를 지켜주었던 그 일에 보답하려면, 앞으로 내가 그를 지탱해 주는 도구가 될 수밖에 없어. 그를 곁에서 지켜보며 그만을 위한 존재이자 그의 소유물로서 계속 존재하는 거야.

“……너무 멋져♪”

그만의 물건으로 계속 살아간다. 그것이 내가 태어난 의미였다.

여동생과의 대화에서 나는 그에게 예속되고 싶다고 말했다. 그건 조금도 틀리지 않았었다. 나는 그의 노예가 되고 싶다. 그래,

그랬던 거야!!

"후후…… 아하하하♪"

멋지다. 이 얼마나 멋진 세상인가.

하야토 군…… 하야토 님……. 이 감미로운 울림이 쾌락이 되어 몸을 달렸다. 지금 여기서, 진정한 나로서의 삶이 움직이기 시작한 것이다.

나 신조 아리사는 하야토 님의 노예…… 온몸이 저릿하고 욱신거렸다.

나의 주인…… 아, 하지만 좀 부끄럽다. 그래도 내 마음은 무척이나 만족스럽게 채워졌다. 너무 행복하다. 그 사실만은 조금도 틀리지 않았다.

"……하지만 역시 갑자기 이런 말을 하면 어이없어하겠지. 어떻게 할까요, 아리사가…… 어떻게 하면 하야토 군의 노예가 될 수 있을까요?"

그것은 오래 이어질 것만 같은 과제였다.

가위에 눌렸다.

나는 지금 유달리 기묘한 가위눌림을 겪고 있었다.

"……."

갑자기 이런 얘기를 해서 미안하지만, 정말 몸이 안 움직여서 곤란하다. 아무나 좋으니까 날 좀 도와줘!

"……."

도움을 청하려고 해도 목소리가 나오지 않으니, 아무도 오지 않을 거고, 만일 목소리를 낼 수 있다고 해도 집에서 혼자 자고 있으니…… 눈앞이 막막했다.

무의미한 발버둥을 계속할 바에야 차라리 가만히 있자. 그렇게 생각한 순간, 두 사람의 목소리가 들려왔다.

"괜찮아, 하야토 군."

"괜찮을 거야, 하야토 군."

이 목소리는 설마……!

말이 안 된다고 생각하면서도 이 상황에서 어떻게든 도와달라고 말하기 위해 필사적으로 움직이지 않는 입을 열었다.

지금 들린 목소리는 분명 신조 자매의 목소리다! 부탁이야, 나 좀 도와줘!

"물론이지."

"당연하지."

두 사람의 손이 내 몸에 닿았다.

안심시키듯 쓰다듬는 손길에서는 다정함이 느껴졌지만, 눈꺼풀이 열리지 않아 안심을 느끼기엔 부족했다.

"괜찮아. 하야토 군은 우리에게 전부 맡기면 돼."

"그래. 그러면 우린 언제까지나 함께——."

두 사람의 손이 아슬아슬한 곳을 건드리며 어떻게 하고 싶냐는 듯 답을 재촉하는 것 같았다. 귓가에 느껴지는 그녀들의 따스한 숨소리에 오싹함을 느꼈고, 나는 거기서 화들짝 놀라 눈을 떴다.

"……윽?!"

있는 힘껏 이불을 박차고 상체를 일으킨 나는 크게 숨을 몰아쉬었다.

잠시 후 마음이 차분해지며 냉정함을 되찾았지만, 아무리 눈앞이 캄캄했다고 해도 이제 막 알게 된 동급생과 살짝 야한 꿈을 꿨다는 것에 말할 수 없는 죄책감을 느끼고 말았다.

"욕구 불만인가……."

모습은 보이지 않고 목소리만 들리던 것도 묘하게 흥분을 부추기는 탓에…… 아니, 그만해, 그만! 이상한 생각하지 마!

"……아리사랑 아이나."

토요일 밤, 두 사람과 이런저런 이야기를 나누었다.

아이나가 나를 눈치채고 있던 것은 예상외였지만, 잘 생각해 보면 목소리 같은 걸로 언제 들킨다 해도 이상하지 않았다. 뭐, 그녀의 경우는 그 이전의 문제였지만.

“성격과 키, 손만으로 눈치챘다는 말은 좀 무섭긴 했지.”

그런 의미에서 그녀들과 나는 이제야 정식으로 만난 것이나 다름없었다.

물론 예전부터 말했듯이 나는 그녀들을 도울 수 있었다는 사실에 만족하고, 그렇기 때문에 말 이상의 보답을 요구할 생각은 없다. 오히려 신경 쓰지 않았으면 했다.

“……하지만 설마 이름을 허락할 줄은.”

이것도 어떻게 보면 미인 자매인 두 사람과 친해졌다는 뜻이겠지. 그렇게 예쁜 아이들과 친해지게 되었다는 것은 남자로서 기쁜 일이다.

『엄마도 널 만나고 싶대. 언젠가 꼭 놀러 와.』

『맞아, 하야토 군이라면 대환영이야. 성대하게 대접해 주고 싶을 정도로!』

헤어질 때 이런 말도 들었지만, 만약 이런 이야기를 나눴다는 사실이 학교 남자애들에게 알려지면 어떤 시선을 받게 될지……. 나도 그렇고, 분명 그녀들도 말하지는 않겠지만 상상하니 조금 무섭다.

“좋아, 가볼까?”

오늘은 한 주의 시작인 월요일, 가장 기분이 처지는 순간이지만 학생이니 등교는 피할 수 없다.

몸을 일으킨 나는 간단히 아침 식사를 마치고, 옷을 차려입고 아무도 없는 집 안을 향해 말을 걸었다.

“다녀오겠습니다.”

대답이 돌아오지 않을 것을 알면서도 이 습관은 계속 변하지 않는다.

가방을 어깨에 메고 늘 가던 길을 걸어 마침 신조 자매의 집 앞을 지나가려던 때였다.

“······앗!”

우연인지 집에서 나온 아이나와 눈이 마주쳤다.

그녀는 나를 발견하는 순간 달려왔는데, 그녀와 같은 최상의 몸매를 가진 여자가 달리면 흔들리고 만다── 특대의 가슴이.

“안녕, 하야토 군!”

“안녕······ 아이나.”

“응♪”

아침부터 보여준 눈부신 미소에 조금 전까지 있던 사악한 마음이 정화되는 기분이었다.

그나저나, 이렇게 아이나가 집에서 나왔다는 것은 당연히 그 언니인 아리사도 있다는 뜻이겠지.

“······어?!”

나중에 나온 아리사도 나를 알아보고 아이나와 마찬가지로 달려오려 했지만, 그것을 제지한 것은 아이나였다.

“언니, 먼저 문부터 잠가.”

“······.”

아리사는 불만스러운 모습으로 뒤돌아서 문을 잠그고는 다시 빙글 몸을 돌려 달려왔다.

"좋은 아침, 하야토 씨…… 크흠, 하야토 군."

"응, 좋은 아침, 아리사."

"웃…… ♪♪"

그러니까 왜 넌 이름이 불릴 때마다 몸을 부들부들 떠는 건데!

처음에는 혹시 부끄러워하는 건가 싶었는데, 아무래도 그런 것 치고는 느낌이 다른 것 같았다.

그건 그렇고 이렇게 아침부터 대화하는 건 처음이네.

지금까지는 눈이 마주치면 인사하는 정도였기에 이렇게 친근 감이 느껴지는 대화를 나누니 아침부터 기분이 무척 좋았다.

"이렇게 아침에 집 앞에서 대화하는 건 처음이네."

"그러게. 그렇다 해도 대부분은 아예 못 만났지만."

"하지만 이제는 아니야. 그렇지?"

이것은 즉 앞으로 아침에 마주치면 이런 청춘 같은 대화가 오 간다고 받아들이면 되는 걸까.

"언니?"

"……."

"아리사?"

아이나와 말을 나누고 있는데, 고개를 든 아리사가 나를 빤히 바라보고 있었다.

아까와 마찬가지로 내가 그녀의 이름을 부르자 부들부들 몸을 떠는가 싶더니, 쭈뼛쭈뼛 허리를 움찔거린다……. 혹시 화장실을 참고 있는 건가? 하지만 남자로서 그 부분을 지적할 수는 없으니 가만히 있자.

"언니는 절제력이 너무 없어."

"아이나가 할 말은 아니잖아."

알 수 없는 대화를 거치고 두 사람은 다시 나를 쳐다보았다.

쿨한 인상을 주는 아리사의 푸른 눈망울, 부드러운 인상을 주는 아이나의 붉은 눈망울과 마주한 나는 두 사람에게 학교에 가지 않느냐고 물었다.

"갈 건데?"

"갈 거야."

"……먼저들 가."

"먼저?"

"왜?"

"아니…….."

거기서 대화는 끊겼다.

둘 다 일정한 간격을 두고 나를 계속 쳐다보고 있다. 그리고 그제야 나는 그녀들의 의도를 이해했다.

"혹시 같이 가는 거야?"

"그럴 건데?"

"그럴 생각인데?"

역시 그런가 보다.

내가 걷기 시작하자 두 사람도 같이 걷기 시작했는데, 어째서인지 나를 사이에 끼우는 듯한 형태로 걷고 있었다.

"물론 중간까지만 갈 거야. 하야토 군은 쓸데없는 소문이 나는 건 싫어하잖아?"

"그야……."

이상한 소문이 나서 누군가와 엮이는 건 확실히 귀찮았다.

그런 일이 있을까 싶겠지만, 그만큼 이 두 사람은 특수한 입지에 있는 사람이다.

몇 번이고 고백을 받고 있는데, 만약 그중 누군가가 승낙을 받아 사귀게 된다면 그 상대가 엄청나게 고생할 거라는 말까지 나올 정도다.

"괜찮아. 하야토 군에게 폐를 끼치는 짓은 안 해……. 하지만 적어도 지금처럼 사람들의 눈이 없거나 적은 곳에서 말을 거는 정도는 허락해 주면 안 될까?"

"나도 부탁할게. 계속 모르는 사람처럼 지내는 건 싫어."

두 여자애가 이렇게 부탁하면 안 된다고 말할 수가 없다.

"그렇게까지 말할 필요 없어. 나로서는 친구가 늘어나는 거나 다름없으니까, 사이좋게 지내주면 기쁘고…… 아니, 오히려 사이좋게 지내주세요!"

그런 식으로 좀 과장되게 말을 전하자 두 사람은 잠시 눈을 동그랗게 뜨더니 이내 미소를 지으며 고개를 끄덕였다.

"다행이다."

"성공이야♪"

……정말 예쁜 미소였다.

하지만 두 사람이 나오는 야한 꿈을 꿨다는 사실이 알려진다면 엄청난 혐오를 받겠지. 그 광경은 쉽게 상상할 수 있었다.

'그건 그렇고 아이나는 몰라도 아리사도 이렇게 웃는구나.'

그 옥상에서의 고백 때 아리사는 마음에 둔 사람이 있다고는 했지만, 결국 남자를 싫어하는 것인지 아닌지에 대해서는 수수께끼로 남아있었다. 이렇게 나에게 미소를 지어주는 것을 보면 딱히 남자를 싫어하는 것 같지도 않고……. 역시 그건 헛소문이었을까.

"무슨 생각해?"

"아니…… 누구한테 들었는지 잊어버렸는데 아리사가 남자를 싫어한다는 소문을 들었거든. 그런데 이렇게 나랑 잘 얘기하는 걸 보면 헛소문이었구나 싶어서."

그렇게 말하자 아리사는 그래, 하고 고개를 끄덕이며 말을 이었다.

"남자를 싫어한다…… 글쎄, 어느 쪽이냐 하면 싫고 어려워. 하지만 그건 우리를 불순한 눈으로 보거나 우리의 기분을 배려하지 않는 사람들에 한해서야. 평범하게 말을 걸면 대답은 해."

"그렇구나."

"난 아이나가 나보다 더 심한 것 같아."

"어?"

아이나가 더 심하다니 무슨 말이지? 그녀에 관해서는 그런 소문은 조금도 듣지 못했고, 나름대로 대화를 나누면서도 그런 느낌은 전혀 받지 못했다.

아이나에게 시선을 돌리자, 그녀가 히죽히죽 의미심장한 미소를 지어 보였다.

"내가 언니보다 남자를 더 싫어할지도 몰라. 솔직히 말해 지금은 하야토 군 이외의 남자는 다 사라지면 좋겠어."

"……."

"그, 그런 표정 하지 마! 사라지면 좋겠다는 말은 농담이었어! 나 그렇게까지 심한 생각은 안 해!"

그런 것치고는 목소리가 진심이었는데.

그나저나 '나 외에'라는 말은 쉽게 안 했으면 좋겠다. 두근거리기도 하고 무엇보다 착각해 버릴 것 같으니까. 안 그래도 아이나는 거리가 가까워서 평정심을 유지하는 데 애를 먹고 있었다.

"그 밖에 우리한테 뭐 물어볼 거 있어? 쓰리 사이즈든 뭐든 괜찮은데?

"아, 아니……."

그건…… 순간 궁금하긴 했지만 안 되잖아, 상식적으로!

완전히 아이나의 페이스에 말려들어 버린 나를 향해 아이나가 더 큰 폭탄을 던졌다.

"언니, 하야토 군이 쓰리 사이즈를 알려달래."

"좋아. 위에서 88, 57, 9——."

"아리사?!"

“푸훗…… 아하하하하!!”

멋지게 폭탄을 터뜨린 아리사에게 당황하는 나, 그런 내 모습을 정말로 우습다는 듯 폭소하며 바라보는 아이나.

그건 그렇고 아리사 넌 왜 중요한 개인정보를 성실하게 말하고 있는 거야! 그녀는 내가 왜 당황한 것인지 모르는 눈치였다. 혹시 아리사는 꽤 천연인가?

“아~, 하야토 군 놀리기는 재밌다니까♪”

“……그만둬. 심장에 해로우니까.”

진짜로 멎을 뻔했다.

히죽히죽 웃는 아이나에게 원망스러운 시선을 보내고 있는데, 아리사가 지그시 나를 보고는 이렇게 말했다.

“왜 막았어?”

“……응?”

왜 막았냐니 무슨 소리지?

고개를 갸우뚱하는 나에게 아리사는 내게 쓰리 사이즈를 드러냈음에도 담담한 모습으로 말을 이었다.

“하야토 군은 자신이 입는 옷 사이즈 정도는 알고 있지?”

“뭐, 그렇지.”

“본인 옷이니까 사이즈는 당연히 알고 있지?”

“응……?”

“그러니까 내가 말해도 이상할 건 전혀 없다고 생각하는데.”

미안, 나는 네 말을 잘 못 알아듣겠어.

미묘하게 맞물리지 않는 대화를 주고받는 나와 아리사였지만, 역시 이 이상 느긋하게 있으면 학교에 도착하는 시간이 늦고 만다.

이후 적당히 수다를 떨며 함께 걸었고, 인파가 많아진 시점에서 두 사람과 헤어졌다.

"……아침부터 굉장히 피곤한 기분이네."

나는 그렇게 중얼거리고 작게 한숨을 내쉬었다.

두 사람과 새삼스럽게 알게 됐다고 해서 내 학교생활에 무슨 변화가 있는 것은 아니었고, 순식간에 시간은 흘러 점심시간이 되었다.

"그, 애들아……."

"……뭐야, 갑자기?"

"무슨 일 있어?"

카이토가 뭔가 심각한 표정으로 나와 소타에게 말을 걸어왔다.

혹시 무슨 큰일이 있는 걸까 싶어 우리는 진지한 얼굴로 카이토의 말을 기다렸다.

"이전부터 고민이었는데……."

"뭐가?"

"……대체 어떻게 해야 여자들에게 인기가 생기는 거냐?"

장난하냐! 나와 소타는 동시에 카이토의 머리를 후려쳤다.

"아니, 난 진심이라고! 고등학교 입학한 지도 벌써 반년이 넘었잖아?! 근데 나도 그렇지만 너희들도 일절 여자의 낌새가 없다고!

즉 누구도 새콤달콤한 청춘을 보내지 못했다는 거잖아?! 너희는
억울하지 않아?!"

"……그건, 뭐."

"억울하긴 해도…… 여친이 급하게 만든다고 만들어지는 것도
아니고."

소타의 말에 나도 고개를 끄덕였다.

고등학생인 이상 여친의 존재에 동경을 품는 마음은 이해하지
만, 나에게는 예전에 곧바로 헤어진 기억이 있어서 딱히 좋은 이
미지는 없었다.

뭐, 그 일에 관해서는 나도 그렇지만 그녀의 잘못도 아니었으
니 크게 신경 쓸 일은 아니지만…… 그래도 처음 생긴 여친이라
당시에는 의미가 좀 남다르긴 했었다.

"그건 그래…… 그건 그래! 입학한 뒤에 어땠어? 우리들, 처음
만난 이후로 늘 함께 있었잖아? 평범한 휴일도 그렇고 여름 방학
도 그렇고, 남자들뿐이지만 정말 즐거운 매일이었지."

"그렇지."

"그건 확실해."

"하지만…… 여친이 갖고 싶지 않아? 달콤새콤한 청춘을 보내
고 싶지 않아?"

"모르진 않아."

"마음은 알겠어."

달콤새콤한 청춘을 보내려면 그 상대가 필요할 거고, 애초에 상

대를 만들기 위해서는 당연하지만 여러 가지 노력을 해야 한다.

"여친이라……. 바람 같은 거 피우면 싫은데. 왜 옆 반에서 있었잖아."

"아, 그러고 보니."

소타의 말을 듣고 떠올랐다. 꽤 오래전에 옆 반에서 남친 있는 여자에게 남자가 손을 댔다는 이야기다.

"그런 일도 있었지. 그러니 바람을 피우지 않을 여친을 만드는 거야!"

그러니까 그러기 위해서는 엄청난 노력이 필요하지 않을까? 카이토에게 그런 말을 전하자, 알고 있다는 듯 자신만만하게 고개를 끄덕인다.

"문득 돌아봤을 때 좋아하는 아이가 옆에 있으면 행복하지. 나도 카이토 이야기를 들으니까 여친이 갖고 싶어졌어."

"그렇지?"

"하지만…… 그게 어렵단 말이지."

"……그렇지."

이봐, 아까의 기세는 어디로 갔냐, 카이토.

카이토뿐만 아니라 소타도 주위에 여자의 기색이 없다는 것에 충격을 받고 있는 가운데, 나는 그런 두 사람을 보고 쓴웃음을 지었다. 그리고 별 생각 없이 반사적으로 중얼거렸다.

"……그렇지. 함께 있다는 건 좋지. 나로서는 그것만으로도 행복할 것 같아."

“하야토…….”

“그렇지…….”

아빠와 엄마가 돌아가신 뒤 사람의 온기에 굶주리게 되는 부분은 있다고 생각한다.

그런 마음이 있기 때문일까. 그저 순수하게 옆에 있기만 하다면 그것만으로도 족하다고 생각한다.

“미안, 이상한 분위기가 돼 버렸네.”

무슨 소리야. 그런 말은 마음껏 해도 돼.”

“맞아. 인간이란 건 자기도 모르게 쌓아두는 생물이니까. 그렇게 되기 전에 다 토해내 버리는 게 제일이야.”

“더럽게.”

그래도 두 사람이 마음 써준 것은 기쁘다.

이렇게 기분이 가라앉는 일은 있어도, 이 친구들의 존재가 정말로 매일의 버팀목이 되고 있다는 것을 실감했다.

‘고마워, 둘 다.’

아직도 여친이 어쩌고 하면서 실랑이를 벌이는 두 사람에게 쓴 웃음을 지어 보인 나는 속으로 그들을 향해 감사 인사를 전했다.

“신조 씨, 좋아해, 사귀어줘!”

“미안해. 관심 없어.”

……뭐지, 데자뷔인가. 나는 눈앞의 광경을 보며 중얼거렸다.

이전에 아리사가 고백받던 기억이 아직 생생한데, 얼굴만 아리사에서 아이나로 교체되었을 뿐, 똑같은 광경이 눈앞에서 펼쳐지고 있었다.

이번 발견도 정말로 우연이었다.

방과 후가 되어 교실을 나올 때 앞을 걷는 남자의 등을 진심으로 성가시다는 표정으로 바라보는 아이나를 발견하고 이렇게 따라온 것이다.

"그때도 이렇게 봤어?"

"응, 아이나도 지금의 아리사처럼 봤어."

"그렇구나. 이렇게?"

"으…….''

아리사가 살짝 뒤에서 몸을 붙여왔고, 그것은 바로 얼마 전 아이나가 나에게 했던 자세와 똑같았다.

두 번째라고는 하지만 이런 것에 익숙할 리가 만무하다. 나는 큰 소리를 내며 놀랄 뻔했지만, 직전에 가까스로 억눌렀다.

"후후, 미안해. 그럼 두 사람을 지켜볼까?"

"……으응.''

그 후 우리는 옥상에 있는 두 사람을 지켜보았다.

빨리 돌아가고 싶다는 태도를 숨기지 않는 아이나와 어떻게든 마음을 바꿔주길 바라며 부탁하는 끈질긴 남자의 대화를 바라보고 있는데, 이렇게까지 가망이 없는 상황에서 저렇게 애쓰는 모습이 오히려 감탄스러웠다.

"저 남자를 연민하는 건 아니지만, 좀 안 됐다."

"어때? 나보다 아이나가 더 대단하다고 했던 거, 이제 알겠지?"

"확실히 알겠네."

나는 고개를 끄덕였다. 그러자 아리사가 말을 이었다.

"나도 아이나도 옛날부터 꽤 눈에 띄었어. 지금은 동급생의 고백이라는 평범한 수준에 머물러 있지만, 초등학교 때는 담임 선생님한테 불려 가서 몸을 만져진 적도 있어."

"……말도 안 돼."

"뭐. 그 밖에도 여러 일들이 있었지만…… 그런 것들이 쌓이다 보면 이성에게 혐오감을 느끼는 것도 당연한 일이지."

아무래도 그녀들은 내 생각보다 심각한 유년기를 보낸 것 같았다.

그 말을 듣고 난 어떻게 대답해야 할지 알 수 없었지만, 어째서 아리사가 남자를 어려워하고 아이나는 싫다고 했는지 잘 이해할 수 있었다.

"……여러 일이 있었구나."

"응, 정말 여러 일들이 있었어. 하지만 그런 경험을 거쳐오며 우리는 하야토 군을 만날 수 있었어. 그건 무척 기쁜 일이라고 생각해."

"아리사……."

솔직히 그런 말을 들을 정도의 존재는 아닌데, 나는.

“그건 그렇고 전혀 끝이 안 보이네.”

“……그러게.”

아리사에게 그런 말을 듣고 나는 다시 옥상으로 시선을 돌렸다.

귀를 기울이지 않아도 남자의 필사적인 목소리가 들려왔지만, 조금도 흥미가 없어 보이는 아이나는 성가시다는 듯 남자에게서 시선을 돌리고 있었다.

“……뭔가 저 녀석.”

“왜?”

“계속 아이나의 외모에 관해서만 얘기하는 것 같아서.”

“그렇지? 그 시점에서 이미 틀렸어.”

“단호하네.”

“사실이니까.”

그 후 몇 분 정도가 지난 후에야 남자는 포기한 것 같았다.

분한 표정을 감추려고도 하지 않은 채 이쪽으로 걸어왔기에 전과 마찬가지로 숨어서 피했다.

“그러면 하야토 군, 나는 아이나를 진정시키고 올게.”

“아하하, 힘내, 언니.”

“응.”

생글생글 웃은 아리사가 옥상으로 나갔다.

그 등을 배웅한 나는 묘하게 피곤한 기분을 느낀 채 교실로 돌아와 가방을 들고 학교를 나왔다.

“……설마 그 두 사람에게 그런 과거가 있었다니.”

내가 생각하는 건 아리사가 이야기해 준 과거의 일이었다.

어렸을 때, 그러니까 정말 초등학생 때부터 이미 남자에게 욕망의 대상이 되어, 자칫하면 돌이킬 수 없는 곳까지 갔을지도 모르는 그녀들의 환경은…… 분명 몹시 괴로웠을 것이고 불쾌한 기억으로 남아있을 것이다.

"그녀들도 학교에서 미인 자매로 소문이 났다는 건 알고 있을 거고…… 분명 그런 식으로만 찬양하는 남자들을 지금까지 싸늘한 눈으로 봐 왔겠지."

아까 봤던 아이나의 표정처럼.

"뭐, 그 두 사람을 미인이라고 말한 건 나도 마찬가지지만……."

같은 남자인 나를 그녀들이 믿어준다면, 그렇게까지 적극적으로 엮일 생각은 없어도 곤란할 때는 도와주고 싶었다.

"만남은 최악이었지만, 이것도 하나의 인연이니 소중하게 여기고 싶으니까."

설사 상대방이 갑자기 친해진 상대라 하더라도 그 사실만큼은 조금도 변하지 않았다.

그렇지만 학교라는 자리에서 이들과 쉽게 닿을 수는 없었다.

아리사와 아이나가 동급생이나 선배를 막론하고 여러 차례 고백을 받는 것은 곧 이들의 인기를 보여주는 것이나 다름없었다.

가끔 그녀들을 교내에서 보면 언제나 곁에 있는 것은 동성 친구들뿐이고 남자가 옆에 있는 모습은 거의 볼 수 없다.

그렇기 때문에 그런 그녀들이 특정 남자와 스스럼없이 이야기를 나누게 되면 이상한 억측이 생겨날 것을 알고 나를 배려한 것인지, 학교 안에서의 접촉은 최소한으로만 했다. 하지만 학교 밖이 되면 이야기는 별개였다.

"……여기구나."

어느 날의 방과 후. 나는 분위기 좋은 카페 앞에 서 있었다.

평소 같으면 절대 들어가지 않았을 아기자기한 외관을 가진 카페에 왜 내가 찾아온 것인가. 그것은 방과 후 티타임에 초대받았기 때문이다.

"일단 들어가자."

각오를 굳히고 들어가자 이런 가게에 딱 맞는 프릴 가득한 옷을 입은 점원이 나를 맞이했다.

살짝 점내를 확인하자 압도적으로 여성의 수가 많았다. 남성도 있긴 하지만 한 줌일 뿐이었다.

"한 분인가요?"

"아니요, 만나기로 한 사람이 있는데……."

그렇게 말하며 점원과 이야기를 나누는데 활기찬 목소리가 울려 퍼졌다.

"하야토 군! 이쪽이야~!"

"아, 저쪽 미인 손님이셨군요. 어서 들어오세요."

안쪽에서 손을 흔드는 여자아이를 보고 점원은 납득한 듯 고개를 끄덕였고, 점원의 안내에 나는 자리로 향했다.

“미안, 좀 늦었어.”

“완전 괜찮아.”

“응, 와줘서 기뻐.”

그랬다, 약속 상대는 아리사와 아이나다.

점심시간에 인적 드문 곳에서 아이나와 딱 마주쳤고, 방과 후 카페에서 차라도 하지 않겠냐는 권유를 받아 신발장에 들어 있던 메모에 의지해 이곳에 오게 된 것이다.

“메모까지 받았는데, 안 가는 건 좀 그렇잖아.”

“응, 응. 하야토 군의 상냥함을 살짝 이용해 봤어♪”

이런 것이 상냥함인지 뭔지는 모르겠지만, 나도 마침 한가했고 방과 후에 미인 두 명과 보낼 수 있다는 것은 기쁜 일이었다.

두 사람과 마주 보는 형태로 자리에 앉은 나는 메뉴판을 보며 메뉴를 골랐다.

사진이 같이 있어 알기 쉬웠고, 맛있어 보이는 디저트 종류가 꽤 다양해 여자아이들이 좋아할 것 같았다.

“……?”

그런 생각을 하면서 계속 메뉴를 보고 있는데, 문득 시선을 들어보니 두 사람이 나를 빤히 쳐다보고 있었다.

눈이 마주치니 두 사람 다 싱긋 웃으며 무척이나 예쁜 미소를 지어왔다. 순간 민망해진 나는 메뉴판으로 얼굴을 가리고 말았다.

“언니, 하야토 군이 쑥스러워해♪”

“후후, 귀엽네.”

남자한테 귀엽다는 말은 안 해줬으면 좋겠는데…….

나는 이 형언할 수 없는 공기를 불식시키기 위해 주위를 둘러보며 억지로 화제를 바꾸듯 주입을 열었다.

"여기는 처음 와봤는데, 여자 손님이 많네."

"그렇지. 기본적으로 남자는 적어. 하지만 우린 여기 친구들이랑도 자주 와."

"흐음."

"케이크 같은 것도 맛있어서 내가 제일 좋아하는 가게야."

"그렇구나."

그렇다는 건 아리사는 단 음식을 무척 좋아한다는 걸까?

뭐, 여성 대부분은 단것을 좋아한다고 하니까. 그렇다면 아이나도 단 음식을 좋아하려나?

"언니는 단 음식을 너무 좋아해. 나랑은 전혀 달라."

"어? 그래?"

"응. 난 매운 음식을 제일 좋아하거든."

"맞아. 전에 아이나와 함께 지옥맛 순례를 돌았을 땐 죽는 줄 알았어."

"……."

아리사가 원망스러운 얼굴로 아이나를 바라보았지만, 아이나는 그 시선을 태연하게 받아넘겼다. 그건 그렇고 이 두 사람, 그런 정반대의 취향을 가진 건가.

또 한 가지 자매에 대해 알게 된 나는 무난하게 커피를 주문했다.

도착한 커피를 마시자 딱 좋은 쓴맛이 이들과 함께하는 긴장된 공기를 다소 풀어주었다.

"저기, 하야토 군. 모처럼 이렇게 대화하게 됐는데 연락처 교환하지 않을래?"

"어? 나랑?"

"꼭 하고 싶어!"

"언니, 콧구멍 커졌어, 진정해."

"흐얏?!"

아이나가 아리사의 얼굴을 누르듯이 손을 갖다댔고, 아리사는 여자아이가 내면 안 될 것 같은…… 직접 말하긴 좀 그렇지만, 살짝 돼지 같은 소리를 내고 있었다.

참고로 아리사의 기세에 제지를 가한 아이나 역시 약간 경직된 얼굴이었는데, 평소 보기 드문 모습이라 묘하게 인상에 남았다.

"그럼…… 음, 부탁해."

"응!"

"그래!"

이렇게 해서 나는 두 사람과 연락처를 교환하게 되었다.

이것으로 언제든지 문자나 전화를 할 수 있게 되었지만, 이런 경우 상대가 이성이면 부담 없이 연락해도 되는지 고민하게 된단 말이지……. 중학교 때의 여자친구에 대해서도 나는 그런 것을 고민했을 정도였으니.

"고마워, 두 사람 다."

"아니, 나야말로♪"

"……."

웃는 아이나는 보기 좋았지만, 아리사는 스마트폰을 지그시 응시한 채 미동도 하지 않았다.

기분 탓인지는 모르겠지만 눈에 빛이 없다고 할까, 뭔가 웅얼웅얼 중얼거리는 것 같은데?

"……이걸로…… 나…… 신…… 것이……."

"언니는 가끔 이렇게 바보가 되니까 신경 쓰지 마."

아니, 신경 쓰이는데.

그 마음은 이해하지만, 하고 아이나는 어깨를 떨며 웃었다. 여동생이 보기엔 언니의 저런 모습이 그렇게 재미있는 건가……. 내가 보기엔 굉장히 희귀한 모습인데.

"저기, 하야토 군. 조금 다른 이야기인데 혹시 장래 희망 같은 건 있어?"

"장래 희망? 아직 못 정했어."

이제 고등학교 1학년이라 딱히 장래의 일은 정해둔 것이 없었기에 솔직하게 그렇게 말했다.

"아이나는 뭐 있어?"

"나는 아이를 낳고 싶어."

"오오, 엄청 심플하지만 여자아이답네……. 요컨대 행복한 가정을 꾸리고 싶다는 거지?"

좋은 꿈이네, 하며 나는 고개를 끄덕였다.

"그래?"

"응, 정말 그렇게 생각했어, 나는."

"그렇구나…… 에헤헤♪"

다행이다, 그녀가 원했던 대답이었던 것 같다.

아리사에게로 시선을 돌리자, 그녀도 입을 열었다.

"나는 도움이 되어주고 싶어. 그 사람에게서 떠나지 않고 영원히 곁에서 지켜보고 싶어. 그 사람만의 것이 되고 싶어."

도움이 되고 싶다, 실로 심플한 사고방식이다.

그 사람만의 것……? 즉 소중한 존재가 되고 싶다는 걸까.

"하야토 군은 어떻게 생각해? 기분 나쁘다고 생각하려나."

"아니? 엄청 좋다고 생각하는데. 애초에 누군가의 도움이 되고 싶다고 그렇게 확실하게 말할 수 있는 건 훌륭하다고 생각해."

누군가에게 도움이 되고 싶다, 무척 고귀한 소원이 아닌가.

아이나와 결은 좀 다르지만, 나는 아리사의 꿈을 비웃을 생각도 없고, 정말 멋진 꿈이라고 생각했다.

"안심했어. 고마워, 하야토 군."

아리사가 만족스러운 얼굴로 몸을 일으켰다.

"미안해. 잠깐 손 좀 씻고 올게."

"알았어~."

몸을 일으킨 아리사는 화장실로 향했다.

그 등을 히죽히죽 웃으며 쳐다보는 아이나에게 주의를 주었다.

“아이나, 화장실에 가는 걸 그렇게 빤히 쳐다보면 안 되지.”

“응? ……아아, 그런 거구나. 미안해, 응, 하야토 군 말이 맞지.”

생각했던 거랑 좀 반응이 다르네.

그리고 아리사가 돌아올 때까지 아이나와 단둘이 있게 되었다. 텅 빈 컵의 얼음을 빨대로 쿡쿡 찌르며 놀던 아이나가 불쑥 이런 말을 꺼냈다.

“저기, 하야토 군, 새삼스럽지만 말이야.”

“응?”

“왜 그때 우릴 도와준 거야?”

“그건…….”

그때, 그것은 그 사건을 말하는 거겠지.

나는 그 질문에 곧바로 대답할 수 없었다. 왜 도와줬는가. 지금 생각해도 별 이유가 없었던 것 같다. 현장을 발견한 건 정말 우연이었고, 아무도 다치지 않고 무사한 건 기적이나 다름없었으니까.

“……글쎄.”

“…….”

뚫어지게 쳐다보는 아이나에게 나는 이런 대답을 돌려주었다.

“솔직히 성가신 상황과 마주했다고 생각했어. 하지만 도망갈 생각은 없었어. 깨달았을 땐 이미 호박을 쓰고 있었으니까.”

“……그렇구나.”

정신을 차리고 보니 움직이고 있었다.

그래서 너희들을 도울 수 있었다. 그렇기 때문에 더더욱 무사해서 다행이라고, 진심으로 그렇게 생각했다.

"정말로 무사해서 다행이야."

그때도 전했지만, 이것이 내 진심이었다.

"……아, 무리야, 이거."

"아이나?"

"……안 돼…… 왔어…… 이러면 원할 수밖에 없잖아."

"괜찮아?"

"……괜찮아. 에헤헤, 고마워, 하야토 군."

"응? 어어……."

그리고 아리사가 돌아올 때까지 아이나는 계속 배 아래 언저리를 만지고 있었다. 어쩌면 아이나도 화장실에 가고 싶은 것이 아닐까. 그렇게 생각하긴 했지만 역시 그 말을 입 밖에 내는 일은 없었다.

"……하아."

하야토와 카페에서 보낸 날 밤, 저녁을 다 먹은 아이나는 오늘 일을 떠올리며 행복한 듯 한숨을 내쉬었다.

요즘은 늘 그랬다.

이렇게 혼자만의 시간…… 아니, 어떤 순간에도 하야토가 머릿

속에서 떠나질 않는다. 그를 생각할 때마다 몸 깊은 곳이 욱신거리고, 그를 원한다는 말이 자꾸만 입 밖으로 나오려 한다. 집에서만 이렇다면 그나마 다행이지만, 학교에서도 이렇게 되어버리니 조금 곤란했다.

"후후…… 하야토 군…… 하야토 군! 아아…… 멋져."

그때의 대화, 그때의 일을 떠올리면 정말 아찔할 정도였다.

『무사해서 정말 다행이야.』

말뿐만 아니라 눈동자에서도 전해지는, 정말 그렇게 생각하고 있다는 진심 어린 감정을 직접적으로 받고 말았다. 눈앞에 하야토가 있는데도 몸은 그를 원하고, 깨어난 여자로서의 본능이 하야토라는 수컷을 탐하라고 속삭였다.

참아야 하는데도 들려오는 감미로운 속삭임에, 아이나는 이성을 최대한 동원해 그 감정을 억눌렀다.

"웃……아아, 안 돼, 정말로 이러면 안 돼…… 이런…… 내가 원하는 말을 하야토가 너무 쉽게 해주니까……."

그는 아이나가 입에 담았던 모든 것을 받아준 것이다. 그 부드러운 목소리와 배려심과 강한 눈동자로 그는 모든 것을 긍정해주었다. 그렇게 되니 아이나가 품은 마음은 더 강해지고, 강해지고 커져서 멈추지 않는다.

"……응."

그리고 이렇게 마음이 고조되면 아이나는 상상을 했다. 얼마 전까지만 해도 끔찍한 행위라고 생각했던 것, 그 상대가 하야토가 되는 상상을.

"……하야토 군, 만져줘…… 나 뭐든지 할 테니까…… 널 위해서라면 뭐든 할 수 있는걸. 그러니까 나를 잔뜩——."

『아이나, 내 아이를 낳아 줘.』

"웃~~~~~~~~!"

상상 속에 살고 있는 하야토가 그렇게 말하는 순간, 아이나는 크게 몸을 떨었다. 자기도 모르게 잠옷을 벗고 있었는지, 언니조차 살짝 능가하는 풍만한 가슴이 드러나 있었다.

"……후후, 하야토 군뿐인걸."

남자가 좋아하는 이렇게나 탐스러운 육체를 마음대로 만질 수 있는 것은 그뿐이다. 그를 위해서도 늘 청결하고, 그리고 만반의 상태를 갖추어 두고 싶다고 아이나는 생각했다.

『뭔가 아이나도 그렇고 아리사도 더 예뻐진 것 같아.』

남자들에게 고백받을 때도 예쁘다거나 귀엽다는 말을 몇 번이나 듣고 있다. 고등학생의 수준을 뛰어넘는 섹시함을 갖고 있다는 자각 정도는 있다. 하지만 두 사람이 눈치채지 못한 것이 하나 더 있었다. 그것은 그 몸에서 물씬 풍기는, 남자를 유혹하는 그것이 더욱 강해졌다는 것이다. 남자를 싫어하는 마음이 원인이 되어 억눌려 있던, 사랑하고자 하는 마음이 해방되면서 두 사람은 더욱 여성스러워졌다. 그것이 마음뿐만 아니라 몸도 더욱 매력적으로 탈바꿈시킨 것만 같았다.

"하야토 군……."

스마트폰을 손에 든 아이나는 오늘 새롭게 늘어난 연락처를 보았다.

자신의 주소록에 표시된 '도모토 하야토'라는 이름, 그것을 확인할 때마다 참을 수 없는 기쁨이 한없이 쏟아졌다.

정신을 차리면 어느새 히죽히죽 이상한 미소를 지어 버릴 정도로 아이나는 이미 하야토에게 푹 빠져있었다. 그의 존재를 이 몸에 새기고 싶다, 이 몸속에서 그를 더 느끼고 싶다, 그런 끝없는 감정을 아이나는 계속 품고 있었다.

연락처는 알아냈다. 하지만 그에 대해 더 알고 싶었다. 지금까지 어떻게 지냈는지, 가족 구성은 어떻게 되는지, 집에서는 무엇을 하는지, 시간이 얼마나 걸려도 좋다. 그에 대해 알 수 있다면.

아이나는 앞으로의 일을 생각하며 활짝 미소 지었다.

그것은 일그러진 미소였지만, 반대로 사랑을 알게 된 여자의 얼굴이기도 했다.

"……잘 자라는 말만 하려고 전화하는 건…… 이상할까?"

구슬 같은 피부 위로 약간의 땀을 흘리며 고등학생에서 벗어난 육체를 아낌없이 드러낸 모습으로, 초심자 같은 언밸런스함이 느껴지는 대사…… 그것도 어떻게 보면 아이나의 일그러짐을 나타내고 있다고 볼 수 있었다.

여동생이 이런 모습이라면 언니 쪽은 어떨까, 그녀는 아이나와 달리 공부 책상에 앉아 있었다. 펜을 한 손에 든 채 바른 자세로 의자에 앉아 노트에 글씨를 쓰고 있다.

"……."

아리사도 아이나도 우등생이며 성적은 항상 학년 상위다. 아리사는 거의 학년 톱이라고 해도 무방하지만, 그런 그녀이기에 책상에 앉아 있는 것은 딱히 이상한 광경이 아니다.

다만 정말 공부 중인가 하면 또 별개의 문제였지만.

"……."

공부하는 사람의 본보기라고 할 수 있을 만한 바른 자세로 노트에 글씨를 적어 나가는 아리사, 그녀가 응시하는 노트에는 글자가 빼곡하게 적혀 있었다.

'하야토님.'

빼곡하게 적힌 글자는 조금의 흔들림도 없이 똑같은 필체와 힘으로 쓰여 있었다. 아리사의 표정은 누구나 인정하는 쿨한 눈빛, 무슨 생각을 하는지는 알 수 없으나 적어도 한 남자를 떠올리며 벌이고 있는 짓이라는 것만은 알 수 있었다.

"……하야토 군…… 하야토 님."

자신의 안에서 일생을 걸어 모든 것을 바치고 싶다고 생각하는 남자, 하야토를 생각하면 아이나와 마찬가지로 아리사도 그 표정에 변화가 일어난다.

오늘 그의 연락처를 알게 된 것으로 또 하나, 그의 소유물에 가까워졌다. 하지만 부족해, 더 알고 싶어, 나아가 그에게 도움이 되고 싶다는 소망을 아리사는 품고 있었다.

"……정말로 하야토 님은 너무해……. 날 이렇게 만들다니."

너무하다고 해도 정말 그렇게 생각하는 것은 아니다.

왜 아리사가 이런 말을 했는가, 그것은 자신의 변화에 있었다. 아이나와 마찬가지로 남자를 싫어하는 것이 원인이 되어 연애에 관해서는 일절 아무런 감흥을 느끼지 못했고, 앞으로도 남자라는 존재를 사랑하게 될 일은 절대로 없다고 생각했다.

하지만 하야토와 만난 것이 계기가 되어 아리사를 바꿔버렸다.

정신을 차려보면 몸이 달아오르며 그를 찾고 만다. 예속당하고 싶다, 도구가 되고 싶다고 생각하면서도 역시 여자로서 사랑받고 싶다는 욕구는 생겨나고 마는 것이다. 지탱해 주고 싶다, 그와 동시에 관심을 받을 수 있다면 그것만으로 행복하지 않을까.

"읏…… 또 이렇게."

크게 부풀어 오른 자기 가슴을 바라보며 뺨을 붉힌 아리사가 중얼거렸다.

그런 것과는 연이 없다고 생각했는데, 한번 고삐가 풀린 결과가 지금의 아리사였다. 하야토에게 이름을 불리는 것만으로도 몸이 욱신거리고, 그가 자신을 긍정해 줄 때마다 참을 수 없게 된다.

마음이 향하는 곳이 같기 때문에 아이나도 마찬가지겠지만, 아리사는 이 감정을 절대 무시하지 않았다. 오히려 여자로서 당연한 감정이니 원하는 만큼 하야토를 좋아하면 된다고 속삭였다.

"하야토 님…… 지금은 뭘 하고 계세요? 저는…… 저는…….."

결코 입 밖에 낼 수 없는 짓을, 당신을 생각하면서 하고 있어요, 그렇게 아리사는 말로 표현할 수 없는 억눌린 목소리를 참듯이 흘려보냈다.

아이나와 마찬가지로 아리사도 사랑을 알고 난 뒤 남성관에 변화가 생겼다.

하지만 그 변화가 가장 큰 것은 그녀일지도 모른다. 남자에 대해 모르는 것은 당연하고 반대로 남자가 원하는 것이 무엇인지도 명확하게 이해하지는 못한다. 그러나 아리사 안에 잠든 본능이 남자를 유혹하는 색기를 흩뿌렸다.

하야토를 생각하며 아리사의 몸이 더욱 여성스럽게 변화해 간다.

사랑스럽고, 아름답고, 그리고 음란하게 아리사는 하야토를 마음에 품는 것이었다.

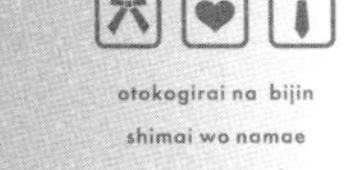

"……한가하네."

일요일 점심이 지난 시각, 컵라면 용기를 씻으며 조용히 중얼거렸다.

아리사와 아이나 두 사람과 알게 되고 나름 가까워졌던 지난주가 너무 바빴던 덕분인지, 학교에 가지 않는 이번 주말이 유난히 조용하고 한가로웠다.

"집에 혼자 있으니 한가한 게 당연한 거긴 한데……."

물론 소타나 카이토를 불러 외출할 수도 있었겠지만, 안타깝게도 두 사람 다 볼일이 있다고 해서 시간을 맞추지 못했다.

멍하니 애니메이션을 볼까, 만화책을 볼까, 고민하다가 모처럼의 기회이니 밖에 나가기로 했다.

"어쩌면 멋진 만남이 있을지도 모르고……. 드디어 미쳤나."

그런 생각을 했기 때문일까, 그 만남 이벤트는 필연처럼 일어났다.

"……어?"

"어머?"

가끔은 옷이라도 구경할까 싶어 한 할인 매장을 방문했는데, 그곳에 마침 아리사가 있었다.

서로 눈을 동그랗게 뜬 채 바라보던 우리였지만, 나는 아리사가 손에 들고 있는 옷에 먼저 눈길이 갔다.

"……메이드 옷?"

이곳은 여러 가지 상품을 팔고 있기도 하지만, 코스프레 의상도 어느 정도는 갖추고 있어서 일반적인 곳에서는 볼 수 없는 메이드복 같은 것도 팔고 있긴 했다. 하지만 설마 아리사가 그것을 관심 있게 바라보고 있을 거라고는 생각하지 못했기에, 나는 무심코 굳어 버리고 말았다.

"안녕, 하야토 군. 이런 곳에서 만나다니 우연이네."

"아, 아아…… 안녕, 아리사."

이렇게 만나버린 이상 '그럼 잘 가'라고 할 수도 없겠지.

딱히 붙잡을 거라는 생각도 하지 않았지만, 왠지 모르게 등을 돌리는 순간 불러세울 것 같은 느낌에 나는 그녀에게 다가갔다.

"그…… 깜짝 놀랐어. 메이드복에 관심이 있어?"

"응. 누군가에게 헌신하는 자의 모습으로서는 이보다 더 나은 건 없잖아. 하야토 군은 어때? 내 메이드복 차림, 어울릴 것 같아?"

그런 질문에 나는 상상해 보았다.

이 세계에는 메이드 카페라고 불리는 것이 존재하고, SNS에서도 메이드복을 입은 사람들의 사진을 언뜻 본 적은 있지만 아는 사람이 가까이에서 그것을 입고 있는 장면은 본 적이 없다.

"……흐음."

그렇다면 눈앞에 있는 아리사는 어떨까…… 꿍장히 어울릴 것 같은데.

우선 길고 예쁜 검은 머리는 고전적이지만 야마토 나데시코를 방불케 하고, 내 기분 탓일지도 모르지만, 아리사가 두른 분위기도 어딘가 잘 어울리는 느낌이었다.

'엄청 잘 어울리겠지. 순종 스타일 청초 거유 메이드라…… 만화 같은 곳에서도 자주 나오는 남자의 로망이니까.'

아리사의 질문을 놔둔 채 고민하고 있자, 그녀는 메이드 옷을 들고 탈의실로 향했다.

"저기, 아리사?"

"잠깐 입어볼게."

"아니 왜……."

재빨리 몸을 돌린 그녀는 탈의실로 향했다.

왜 입는 거냐는 나의 의문에는 답하지 않고 아리사는 커튼 너머로 사라져 버렸다. 이거, 기다려야 하는 상황인 건가?

"……기다려 볼까. 뭔가 아리사의 메이드복 차림은 희귀할 것 같고."

이제 막 알게 된 직후라 희귀하다 뭐다 할 수준도 아니지만, 우선 나는 아리사를 기다리기로 했다.

적당히 스마트폰으로 인터넷의 바다를 떠돌고 나서 몇 분이 지나서야 그녀는 커튼을 열고 안에서 나왔다.

"오……."

"어때?"

그곳에 있었던 것은 누가 봐도 메이드였다.

검정과 흰색의 조합인데, 곳곳에 달린 프릴이 귀여움을 더욱 돋보이게 했다.

미니스커트 타입의 메이드복이라 아리사의 건강하고 탐스러운 허벅지가 마중 나와 있었지만…… 그 이상으로 몸의 라인이 드러나는 잘 옷이었기에 풍만한 가슴이 무척 강조되어 있었다.

'……잠깐, 난 뭘 냉정하게 분석하고 있는 거야! 이러면 그냥 변태잖아!'

얼굴을 붉히며 올려다보는 아리사에게 나는 작게 한마디를 중얼거렸다.

"그…… 잘 어울려."

"정말? 네 메이드가 될 수 있을까?"

"웃…….."

뭐야, 그 말은. 나는 입술을 세게 깨물었다.

아리사에게 천연스러운 부분이 있다는 것은 첫 만남 때부터 알고 있던 일이었기에, 지금 그 말에 특별한 의미가 없다는 것도 알고 있다. 하지만 무심코 착각할 것 같은 단어 선택과 분위기에 나는 순간 흠칫 놀라고 말았다.

"저기, 하야토 군. 시험 삼아 뭔가 명령해 봐. 너만의 메이드라고 생각하고 부디 명령을 내려줘."

"……으음."

긴급, 휴일에 우연히 여자아이를 만나 명령해 달라는 말을 들었을 때의 대처법 모집!

"하야토 군."

“…….”

아마 이거, 그녀의 요청에 응하지 않으면 돌아갈 수 없을 분위기다.

그 증거로 손목이 아리사에게 꽉 잡혀 있었다. 나는 어쩔 수 없이 부끄러움을 참고 이렇게 말했다.

“나에게 봉사해……?”

아니, 대뜸 봉사하라니, 뭐 하는 놈이야?

자신에게 태클을 걸었지만, 정작 아리사는 얼굴을 붉히며 그 눈가를 촉촉이 적셨다.

“……아아……♡”

부르르 몸을 떤 아리사가 몸을 숨기듯 다시 커튼을 쳤다.

그렇게 내 말투가 불쾌했나 싶어 충격을 받고 있는데, 아무래도 그런 것은 아닌 듯했다. 그것은 그녀가 옷을 다 갈아입고 나왔을 때 알려주었다.

“처음이라서 놀랐을 뿐이야. 좋네, 봉사해 달라는 말을 듣는 거.”

“그래?”

“응. 즉 도움이 된다는 뜻이잖아♪”

나는 그 마음을 잘 모르겠지만, 아리사가 기뻐했다면 나도 말실수를 한 것은 아니라는 거겠지.

“오늘은 아이나는 같이 안 왔어?”

“응. 오늘은 엄마가 집에 계시니까 같이 있지 않을까?”

“흐음.”

역시 가족 사이는 정말 좋은 것 같다.

내 시점에서 그녀들은 어디까지나 남이지만, 그래도 가족관계가 좋다는 말을 들으니 나쁘지 않은 기분이었다.

"정말 사이가 좋구나."

"응. 아빠가 돌아가신 후로 나와 아이나, 그리고 엄마와 살아왔지만, 정말 가족관계는 어느 가정에도 뒤지지 않는다고 생각해."

그렇게 분명하게 아리사는 말했다.

그런 식으로 말할 수 있다는 것이 부럽다고 생각했다. 그런 아리사의 모습이 매우 씩씩하고 보기 좋아 보여서, 그러면서도 그때 강도에게 겁을 먹고 있던 그녀의 모습이 겹쳐 보여서 무심코 손을 뻗고 말았다—— 그녀의 머리에.

"……."

손이 닿은 순간 곧바로 뗐지만, 그래도 만져버렸다는 사실엔 변함이 없었기에 곧바로 사과했다.

"사과하지 마, 하야토 군. 마치…… 응. 돌아가신 아빠의 다정함을 느낀 것 같아서 싫지 않았어."

"……그거, 내가 늙어 보인다는 뜻이야?"

"후후, 그런 건 아니야. 하지만 그만큼 의지가 되고, 기대고 싶다는 마음이 들었어."

다시 말해 나와 돌아가신 아빠를 겹쳐 봤다는 건가?

이건 영광이라고 생각해도 되는 걸까. 아니면 아직 젊은데, 라며 우울해야 하는 걸까…….

“아, 맞다, 하야토 군. 사실 오래전부터 제안하고 싶은 게 있었거든.”

“제안?”

아리사가 고개를 끄덕였다.

“나와 아이나는 이렇게 하야토 군에 대해 알게 됐어. 하지만 엄마는 아직 널 몰라……. 그, 하야토 군 입장에서는 새삼스러울지도 모르겠지만, 엄마도 당사자 중 한 명으로서 계속 감사 인사를 드리고 싶어 하셔.”

“아~.”

아리사네 엄마라.

역시 두 사람을 낳은 분인 만큼 무척 아름다운 외모를 가졌지만, 그보다도 주변으로 뿜어내는 색기가 굉장한 여성이라는 건 진작부터 알고 있었다.

이전에 도와주었을 때는 그런 생각을 하지는 않았지만…… 뭐, 감사를 받을 생각은 없어도 이렇게 두 사람과 알게 된 이상 모른 척할 수는 없으려나.

“딱히 두 사람 입으로 날 만났다는 사실을 전해줘도 상관없는데. 도움을 받은 쪽에서는 고맙다는 말을 하고 싶은 법인가?”

“그렇지. 나와 아이나도 하야토 군을 만나지 못했다면 분명 똑같았을 거야……. 뭐, 아이나가 빨리 발견했을 뿐이지 나도 계속 생각하고 있었으니까.”

“그렇구나.”

아리사의 눈동자에서 꼭 엄마와 만나주었으면 하는 마음을 느낀 나는 만나기만 하는 거라면 상관없다는 생각에 고개를 끄덕였다.

"정말? 고마워, 하야토 군!"

"응, 근데 아리사네 엄마라니, 좀 긴장되네."

"내가 말하는 것도 그렇지만 정말 다정하신 분이야. 그러니 안심해."

두 사람의 엄마라는 시점에서 그건 이미 알고 있으니까 괜찮다.

역시 오늘 당장 가는 건 너무 갑작스러웠기에 다음 주말에 시간을 맞춰 만나기로 했다.

그녀들의 집에 실제로 간다고 하니 긴장됐지만, 한편으로 이렇게 알게 된 것에 안심감이 든다는 것도 신기했다.

이후 아리사는 가게에서 나가기 전, 한번 제자리에 돌려놓았던 메이드복을 다시 집어 계산대로 향했다.

"어, 진짜 사려고?"

"당연하지."

사는구나……. 내가 눈을 동그랗게 뜬 건 말할 필요도 없었다.

"……드디어 와버렸네."

벌써 다음 주말이 되어 아리사와 약속했던 날이 다가왔다.

실은 아리사와 약속한 날 밤에 아이나에게서 전화가 왔는데, 자신이 없는 곳에서 약속한 것이 억울하다며 그 후에 꼭 오라고 몇 번이나 다짐을 받고 말았다.

"너무 빨리 왔나……."

여기까지 와서 묘하게 긴장된다.

이미 이렇게 와버렸고 약속도 했으니 어길 수도 없다.

"좋아…… 가자."

마음을 굳히고 나는 초인종을 눌렀다.

그러자 안에서 쿵쿵거리는 발소리가 들리는가 싶더니 이내 문이 열리며 아이나가 뛰어나왔다.

"어서 와, 하야토 군!"

"우왓?!"

갑자기 가슴으로 뛰어들어 무심코 그녀를 받아 안는 자세가 되었지만, 굉장한 기세로 뛰어든 탓에 몸이 살짝 뒤로 넘어갔다.

"하야토 군이다~ ♪ 오늘은 와 줘서 고마워 ♪"

"아, 으응……."

일단 좀 떨어지면 안 될까.

내 염원이 전해진 것인지 아이나는 떨어져 주었지만, 그 예쁜 미소는 변함이 없었고 안겼을 때의 감촉도 남아있는 탓에 여전히 심장이 두근거렸다.

'……귀엽네.'

11월도 중순에 접어들며 기온도 낮아졌기에 나도 그렇지만 아이나도 따뜻한 옷차림을 하고 있었다.

니트 스웨터에 감싸인 크고 부드러운 그녀의 가슴, 또 다른 의미의 부드러움도 아까 확실히 느꼈다.

"자자! 어서 들어가!"

"좀 진정해!"

다급하게 재촉해 오는 아이나에 의해 집 안으로 끌려갔다.

그 끔찍한 일련의 사건 덕분에 1층의 구조는 어느 정도 파악하고 있었다. 그녀의 안내가 없어도 거실까지는 절대 헤맬 일은 없을 거라는 생각에 속으로 쓴웃음을 지었다.

"언니! 엄마도! 하야토 군이 왔어!"

"실례합니다……."

거실로 이어지는 문 끝에는 아리사와 그리고 또 한 명의 여자가 있었다.

아리사와 아이나의 생김새와 상당히 닮은 얼굴의 여인으로 무서울 정도의 미인이었다. 아리사나 아이나를 능가할 정도의 몸매에 무심코 눈길이 갈 것 같았지만 가까스로 참아냈다.

차분한 브라운톤의 머리를 등까지 기르고 있는 모습도 요염했고, 눈물점도 한층 더 여성을 요염하게 보이게 했다.

"당신이…… 당신이 그랬던 거군요."

그녀는 감격한 얼굴로 내 앞에 와서 예쁜 몸짓으로 고개를 숙였다.

"이렇게 대화하는 건 그때 이후 처음이지요. 그때는 정말 감사했습니다. 당신이 없었다면 우리는…… 우린 분명 지금 이렇게 웃고 있을 수 없었을 거예요.”

연상의 여성이 고개를 조아리는 상황에 익숙하지 않았던 나는 당황하며 입을 열었다.

“저…… 고개를 들어주세요! 이미 두 사람에게 감사를 받았으니까요. 그리고 어머님께도 지금 인사를 받았습니다. 그러니 이제 다들 무사하니 다행이라는 걸로 끝내죠!”

“아하하, 하야토 군이 당황한다♪”

“후후, 그래도 이걸로 드디어 모두 다 만났네♪”

흐뭇하게 쳐다보지만 말고 좀 도와줘, 너희들!

결국 그녀가 고개를 들기까지는 꽤 시간이 걸렸는데, 마지막에는 내 말에 납득하며 고개를 들어주셨다.

오늘 이렇게 세 사람을 다시 만나 보니, 큰 안심과 도와줄 수 있어서 다행이라는 만족감이 느껴졌다.

“……그 사건이 여러분에게 트라우마가 되지 않을지 걱정하고 있었거든요. 하지만 아리사와 아이나에게서는 그런 걸 느끼지 못했고, 어머님도 괜찮으신 것 같아서 다행이에요.”

여성으로서 그런 경험은 마음에 깊은 상처를 입는다 해도 이상하지 않다. 물론 적지 않은 두려움이 남아있겠지만, 그래도 이렇게 평범하게 지내는 모습을 볼 수 있는 것만으로 내가 한 일에 의미가 있었다는 생각이 든다.

“앞으로도 이렇게 셋이 사이좋게, 행복하게 지내주세요. 그런 모습을 볼 수 있는 것만으로도 제게는 충분한 보답입니다.”

엄청 부끄러운 말이지만, 이것이 내 솔직한 마음이다.

그녀는 놀라서 눈을 동그랗게 뜨더니, 곧 생긋 웃었다.

‘……굉장하다. 두 자녀의 엄마이니 40대 정도는 되실 텐데. 몹시 젊어 보여서 셋이 자매라고 해도 믿을 수 있을 것 같아.’

아름다운 미모에 흘러넘치는 색기, 그리고 어른의 매력이 섞여 있었다. 직장에서 같이 일하는 남성들은 여러모로 고생이겠다 싶은 생각이 들었다.

“알겠습니다. 하지만 다시 한번 감사드리고 싶어요. 정말로 감사합니다.”

내 손을 꼭 잡고 그녀는 그렇게 말했다.

이것으로 정말 이 이야기는 끝이다. 다만 중요한 일을 아직 하지 않았기 때문에 그것을 끝내두기로 했다.

“그러면 재차 인사드릴게요. 도모토 하야토입니다. 잘 부탁드립니다.”

“신조 사키나예요. 딸들도 이름으로 부른다면 저도 꼭 그렇게 불러주셨으면 좋겠어요.”

“그럼…… 사키나 씨라고 부르면 될까요?”

“웃…… 네!”

어른의 매력까지 겸비한 귀여운 미소로, 사키나 씨는 고개를 끄덕였다.

첫 만남으로서는 더할 나위 없을 정도로 화목한 시간이 되어 다

행이라고 안심한 것도 잠시, 이야기가 안정된 순간을 노렸다는
듯 곧바로 아리사와 아이나가 내 손을 잡아끌었다.

"자, 하야토 군, 계속 서 있을 수는 없으니 우선 앉자."

"응, 응. 에헤헤, 하야토 군이 우리 집에 있다는 게 신기해♪"

그녀들의 재촉에 고급스러워 보이는 소파에 앉았다.

다시 한번 거실 안을 둘러보고 깨달은 것이지만, 무척이나 훌
륭한 집이었다. 하지만 여자 셋이 지내기엔 역시 좀 넓지 않을까?

'여기에 두 사람의 아빠도 계셨겠지……. 아무 일도 없었다면
분명 넷이 즐거운 일상을 계속 보냈을 텐데.'

그런 생각을 하고 있는데 사키나 씨가 홍차를 가져다주셨다.

"자, 들어요. 홍차 괜찮아요?"

"물론입니다. 감사합니다!"

커피는 그렇다 쳐도 홍차는 별로 마실 일이 없었기에 신선했다.

향도 좋고 맛도 너무 달지 않고 깔끔했다. 몸속 깊은 곳이 따뜻
해지며 안도감이 느껴지는 맛이었다.

"과자도 있으니까 드세요."

"예, 감사합니다."

쿵 하고 수북한 양의 과자가 담긴 바구니가 놓였다. 환대가 과
해 황송할 지경이었지만, 생글생글 웃고 있는 세 사람의 시선을
받는 상황에서 굳이 사양하기도 미안했다.

"그나저나 아리사랑 아이나?"

"왜?"

“응~?”

사실 아까부터 나는 신경 쓰이는 것이 있었다.

그것은 양옆에 앉는 두 사람의 거리가 상당히 가깝다는 것. 아리사는 조금 닿는 정도였지만 아이나는 아예 그 풍만한 가슴이 형체를 일그러뜨릴 정도로 착 달라붙어 있었다.

역시 적응이 안 된다.

“두 사람 다 하야토 군을 너무 곤란하게 하지 말렴.”

“하야토 군, 곤란해~?”

“크흠…….”

실은 나도 부드러운 감촉에 행복감을 느끼고 있었다. 싫지도, 곤란하지도 않다. 하지만 그걸 대놓고 물어보면 무슨 수로 대답하겠는가.

“장난이야. 미안해. 너무 기뻐서. 자, 언니도 잠깐 떨어질까?”

“……알았어.”

그렇게 두 사람은 떨어져 주었고, 그런 우리의 모습을 사키나 씨는 키득키득 웃으며 즐겁다는 듯 바라보았다.

그 시선이 다소 부끄러웠지만, 다정한 눈동자를 보니 부모의 애정이 느껴져 마음 한구석에 그리운 마음이 들었다.

“……?”

뭐지. 이런 가족의 모습을 그리워하고 있으려니 갑자기 졸음이 쏟아지기 시작했다.

홍차를 마시면 잠이 오는 건가? 커피를 마시면 잠이 안 온다는 말은 자주 들었지만…… 아니면 긴장하느라 어젯밤에 잠을 많이 못 잔 것이 원인인가?

"어머, 하야토 군 졸린가요?"

"그게…… 저, 잠을 좀 못 자서 그런 걸지도 모르겠어요."

그렇게 중얼거리자 놀란 사키나 씨가 입가에 손을 얹은 채 미소를 지었고, 옆에 앉아 있던 아리사와 아이나도 그렇다면 무릎 베개를 해주겠다느니 뭐니 하면서 결국엔 말다툼을 시작했다. 그 모습에 쓴웃음을 지은 나는 등받이에 몸을 맡기고 힘을 풀었고…… 거기서 내 의식은 스르륵 어둠 속으로 가라앉았다.

가족을 갑자기 잃는 상실감은 헤아릴 수 없는 슬픔을 동반한다.

그리고 시간이 지나 슬픔이 잦아들 때 찾아오는 외로움 역시, 분하지만 시간이 흐름에 따라 서서히 익숙해진다.

처음에 아빠가 사고로 돌아가시고, 그로부터 몇 년 후 엄마가 병으로 돌아가셨을 때 나는 마음에 커다란 구멍이 뚫린 듯한 느낌을 받았다.

조금 복잡한 가정 사정으로 친가 쪽에는 미움받고 있지만, 외가 쪽에서는 나를 무척 예뻐하셨기에 혼자가 되었을 때도 함께 살자는 말씀을 해주셨다.

"……죄송해요, 할아버지, 할머니. 전 이 집을 떠나고 싶지 않아요."

　조부모님의 제안은 정말 감사했지만, 나는 부모님과의 추억이 남은 집을 떠나고 싶지 않았다. 이곳이야말로 부모님과 함께 살아왔던 나의 집이다.

　"알았다. 하야토의 의사를 존중하마. 대신 무슨 일이 생기면 곧바로 우리를 불러야 한다. 약속이야?"

　"……네, 감사해요."

　딱 한 명뿐인 손자이니 당연히 걱정은 하셨지만, 그래도 조부모님은 내 뜻을 존중하여 지금까지와 같은 생활을 할 수 있도록 도와주셨다.

　그 후로는 부모님이 없는 세상에서 살아가게 되었지만, 역시 시간이 지남에 따라 익숙해졌고 혼자 살아가는 것에 아무런 위화감을 느끼지 않게 되었다.

　그래도…… 역시 가끔은 상상하곤 한다.

　『하야토.』

　『하야토.』

　지금도 부모님이 살아계시고, 그들이 이름을 불러주는 것을 상상하고, 더는 불가능한 일이라며 포기하고 고개를 돌려버린다.

　사람은 상실에 익숙해지더라도 가족의 온기를 찾는 마음이 사라지지는 않는다. 불현듯 의식하지 않아도 돌아가신 부모님이 떠올라 쓸쓸해지는 거다. 나는 그때마다 어두운 마음을 떨쳐내고자 스스로를 다독였다.

“나는 괜찮아. 날 사랑해 주시는 조부모님도 계시고, 나를 소중한 친구로 생각해 주는 소타와 카이토도 있어. 그러니까 괜찮아.”

아무리 외로워도 사람과의 인연이 있기 때문에 나는 최선을 다해 살아갈 수 있다.

외로움이나 고독에 짓눌리지 않고, 부모를 따라 세상을 떠나겠다는 비관적인 생각도 하지 않는다.

친한 친구들과 지내는 것은 물론이고 지금으로서는 아리사나 아이나 두 사람과 보내는 시간도 두근거리긴 하지만 무척 즐겁다.

그러니까 괜찮아, 그러니까 분명 무슨 일이 있어도 나는 괜찮다.

“하야토 군, 하야토 군?”

……음? 누구?

어깨를 톡톡 치는 듯한 감각과 함께 들려오는 부드러운 목소리에 나는 반사적으로 번쩍 눈을 떴다.

“엇……?”

문득 눈을 뜬 나는 할 말을 잃었다.

왜냐고? 눈앞에 있는 것이 커다란 공……이 아니라 스웨터에 싸인 커다란 가슴이었기 때문이다.

“……?”

익숙한 풍경이 아니라 영문 모를 상황에 당황했지만, 곧 누군가의 무릎베개라는 걸 깨달았다.

“아차. 깜박 잠든 건가…….”

아리사와 아이나, 사키나 씨와 대화하는 도중 점점 잠이 쏟아졌던 기억이 났다.

그러다가 결국 잠들어 버린 건가…… 잠깐, 그러면 여기는?!

"죄, 죄송합니다!"

"괜찮아요. 좀 더 누워 있어요."

일어나려고 했지만, 손이 어깨를 꾹 눌러왔다.

목소리의 주인은 사키나 씨로, 아무래도 나는 그녀의 무릎을 베고 있는 것 같았다.

'……부끄러움보다 안심감이 느껴지는 무릎베개…… 이게 바로 포용력인가?'

그런 이상한 생각을 해 버렸지만, 역시나 이건 아니라는 생각에 나는 순간적인 틈을 노려 상체를 일으켰다.

"아…….."

그러자 사키나 씨는 아쉽다는 목소리를 흘렸다. 왜 그랬냐며 호소해 오는 듯한 눈동자를 보니 뭔가 미안한 마음마저 들었다.

그런데 아리사와 아이나는 어디 있는 걸까?

눈을 돌려 주변을 살피니 주방에서 요리하는 두 사람이 눈에 들어왔다.

"……카레?"

풍기는 냄새는 카레 향이었다.

"아, 일어났구나, 하야토 군."

"사실은 내가 무릎베개를 해주려고 했는데…… 엄마 치사해."

아리사의 시선에도 사키나 씨는 아랑곳하지 않았다.

반사적으로 시계를 보니 이미 점심시간이었다.

점심 전에는 집에 돌아가려고 했는데, 점심까지 먹고 가게 생겼다.

"두 사람 다 하야토 군에게 먹여주고 싶다면서 만들고 있어요. 하야토 군이 잠든 사이에 갑작스럽게 결정돼 버린 거지만, 이후에 일정이 없다면 부디 먹고 가요."

"……음, 그럼 감사히 받겠습니다."

이건 예정에 없던 일이건만…… 아까부터 풍겨오는 향이 빨리 먹고 싶다며 식욕을 자극했다.

"앗."

그러자 배가 크게 꼬르륵 울렸고, 옆에 있던 사키나 씨에게 딱 들키고 말았다.

"후훗♪"

"웃……."

배가 울리는 소리를 들리는 것은 누구에게나 부끄러운 법이다.

나도 당연히 부끄러워져서 얼굴이 뜨거워졌지만, 입가에 손을 얹고 웃고 있는 사키나 씨는 정말로 예쁜 미소를 짓고 있었다.

몇 번이나 말하는 것 같지만, 이 사람을 엄마가 아니라 언니라고 소개받았어도 나는 조금도 의심하지 않았을 것이다. 그 정도로 젊어 보인다.

"왜 그래요?"

"아뇨, 저…… 어머니라기보다는 언니 같으셔서."

"어머나, 기쁜 말이네요."

역시 어른 여자, 내 말에 조금도 쑥스러워하는 기색은 보이지 않았다.

그러고 있는데 아무래도 카레가 완성된 듯 아이나가 큰 소리로 우리를 불렀다.

"다 됐어~!"

"지금 갈게. 자, 하야토 군 갈까요?"

"아, 네!"

네 명이 테이블에 둘러앉듯 자리했다.

내 눈앞에는 정말 맛있어 보이는 카레가 놓여 있었는데, 딱히 특이한 재료는 들어 있지 않은 심플한 카레였다.

"……엄청 맛있어 보여요."

생각해 보면 이렇게 손수 만든 카레를 먹는 것도 꽤 오랜만이다.

군침이 돈다고 하면 너무 과장된 말일까. 하지만 정말 그런 말이 어울릴 정도로 식욕을 자극하는 향기가 났다.

"많이 먹어, 하야토 군."

"먹어, 먹어♪"

원래라면 당장 먹고 싶은 마음에 내가 더 가만히 있지 못했을 텐데, 아리사와 아이나 두 사람이 빨리 먹고 감상을 들려달라고 하도 재촉해서 반대로 난 더 차분해질 수 있었다.

"……잘 먹겠습니다!"

손을 모으고 나는 숟가락으로 카레와 밥을 떴다.

“음……! ……맛있어.”

“성공!”

“응!”

자연스럽게 새어 나온 소감에 아리사와 아이나가 하이파이브를 나누고 있었다.

그렇게까지 기뻐해 주는 모습에 반대로 나까지 기뻐질 것 같았지만, 손은 멈추지 않았다.

‘맛있어……. 정말로 맛있어…… 게다가…….’

맛있을 뿐만 아니라 어딘가 그리움도 느껴지는 맛이었다.

맛은 여느 카레와 다를 바가 없는데, 이 카레에 담긴 그녀들의 마음이 내 과거의 기억을 되살리는 것만 같았다.

‘엄마가 만들어주셨던 카레도 이랬을까?’

어색한 공기를 만들지 않겠다며 마음을 굳게 먹었지만, 아무래도 세 사람은 신경이 쓰인 것인지 나를 빤히 바라보고 있었다.

“하야토 군?”

“무슨 일 있어?”

좀 옛날 생각이 나서……라고는 말하지 않았다.

나는 아무것도 아니라는 말과 함께 내가 지을 수 있는 최고의 미소를 지으며, 분위기가 이상해지지 않게 노력했다.

이후 남기지 않고 두 사람이 만든 카레를 전부 다 먹었다.

“만약 기회가 된다면 다음에는 저도 실력을 발휘해서 만들고 싶어요. 다음에 또 대접하게 해주세요.”

“……(꿀꺽).”

점심을 먹으며 여러 대화를 나눴는데, 아리사와 아이나는 사키나 씨에게 요리를 배우고 있어서 어떤 요리든 대체로 다 할 수 있다고 했다. 이번 메뉴가 카레였던 것은 곧바로 만들 수 있는 요리라서 그랬던 것일 뿐, 원래라면 더 정성이 들어간 것을 만들고 싶었다고.

그런 두 사람에게 요리를 가르쳐 준 사키나 씨의 요리라면 도대체 얼마나 맛있을까. 기대감이 드는 동시에 또 배가 꼬르륵 울릴 것 같았다.

“저…… 기회가 된다면 부탁드립니다.”

“네! 그때도 꼭 와주세요♪”

그 후 세 사람에게 배웅받으며 인사할 겨를도 없이 나는 현관 밖으로 나가게 되었다.

“음…… 정말 괜찮은데?”

“그런 말 하지 마, 하야토 군.”

“맞아, 저기까지 바래다주고 싶어서 그래.”

아리사와 아이나 두 사람은 조금 더 앞까지 나를 배웅해 주겠다며 따라 나왔다.

딱히 그러지 않아도 된다고 전했지만, 집에서 그녀들이 적극적으로 나오는 탓에 거절할 수가 없었다.

“오늘 정말 즐거웠어. 여러모로 긴장도 되긴 했지만, 사키나 씨와도 무사히 대화를 나눴고. 일단 이걸로 그 일은 일단락됐다고 보면 되겠지?”

“……그러게.”

“……그렇지.”

“? 왜 그래?”

이제 여기서 헤어질 타이밍인데, 두 사람은 어딘가 내키지 않는 얼굴을 하고 있었다.

뭔가 실수한 걸까 싶어서 불안해졌는데, 딱히 그럴 만한 기억도 없었기에 그녀들이 그러는 이유를 짐작할 수 없었다.

‘……아니, 사키나 씨도 뭔가 지금의 두 사람과 비슷한 표정이었던가?’

어쩐지 그런 느낌이 들었다. 내가 그런 생각을 하고 있을 때였다.

“저기, 하야토 군. 점심 식사 때…… 왜 그런 표정이었어?”

“그건…….”

아리사가 똑바로 나를 바라보며 그렇게 말했다.

그렇구나. 아무래도 두 사람 다 그때의 일이 신경 쓰였던 것 같다. 아리사도 그렇지만 아이나도 지그시 내 얼굴을 바라보고 있다.

“……미안해, 하야토 군. 평소의 하야토 군이라고는 생각할 수 없는 표정과 분위기여서 신경이 쓰였어. 너무 지나친 참견일까?”

그래, 맞아. 그러니까 더는 묻지 마……라고는 차마 할 수 없었다. 이 두 사람에게라면 말해도 상관없지 않을까?

“잠깐만. 이 근처에 그 공원 있잖아? 거기로 가자.”

“그래, 앉아서 얘기하면 훨씬 더 편할 거야.”

“……고마워.”

예전에 호박을 쓰고 있을 때 마주쳤던 공원인데, 그곳이라면 아마 조금 걸어가면 나오는 곳이었기에 나로서도 거절할 이유가 없었다.

“여기 온 것도 그때 이후로 처음이네.”

“응, 응! ‘호박 기사’였던 하야토 군과의 재회였지!”

“호박 기사라고 하지 말아줘!”

그 부끄러운 호칭은 제발 그만해 줘!

키득키득 웃는 아이나를 보며 난 한숨을 내쉬었고, 그때처럼 두 사람이 나를 사이에 끼운 형태로 벤치에 앉게 되었다.

딱히 시간을 끌 일도 아니어서 나는 직설적으로 전하기로 했다.

“실은…… 두 사람이 만들어 준 카레에서 옛 추억을 느꼈어. 마음이 따뜻해지는, 옛날에 엄마가 만들어주셨던 카레가 떠오르는 바람에…….”

“그랬구나. ……음? 옛날에?”

“하야토 군의 엄마가 만들어주셨던……?”

아무래도 두 사람 다 대충 짐작한 것 같지만, 나는 고개를 끄덕이고 사정을 이야기했다.

“사실 난 지금 혼자 살고 있어. 오래전에 아빠가 돌아가셨고, 그로부터 얼마 후 엄마도 돌아가셔서…… 그래서 가족의 온기가 이런 거였구나 하고. 아리사와 아이나, 사키나 씨를 보고 그런 생각이 들어서, 좀 감성적으로 된 것 같아.”

그래서 그런 분위기가 되어버렸다고, 나는 두 사람에게 전했다.

“미안해, 듣기 거북한 어두운 얘기를 해 버려서. 하지만 외조부모님이 신경 써주시고, 부모님이 남겨주신 집에서 지금도 이렇게 잘 지내고 있으니까 괜찮아. 그러니까——.”

정말 괜찮다고, 그렇게 전하려던 순간이었다. 아리사와 아이나가 나를 양쪽에서 동시에 끌어안았다.

“둘 다 왜 그래?!”

“하야토 군, 지금은 이렇게 하게 해줘.”

“응, 힘든 일을 떠올리게 해서 미안해.”

“아니, 미안할 것까지는…….”

이미 소타와 카이토도 알고 있는 일이고, 나도 말하는 것에 거부감은 없었다.

괜찮으니까 신경 쓰지 말라고 말하려던 찰나, 아리사가 손수건으로 내 얼굴에 흐르던 눈물을 닦아주었다.

“이런, 울 생각은 없었는데. 왜 이러지…….”

“어쩌면 하야토 군의 마음은 계속 토해내고 싶었던 거 아닐까?”

그건…… 그럴지도 모르겠다.

부모님이 돌아가신 후 계속 혼자서 지내왔지만, 거기에는 천국에 계신 두 분을 걱정시켜서는 안 돼, 그러니까 웃는 얼굴로 열심히 지내자는 마음도 분명히 있었다. 하지만 하필 이렇게 그녀들로 인해 눈물을 흘릴 줄은 몰랐는데.

“저기 자판기에서 마실 것 좀 사 올게.”

그렇게 말하고 아리사는 몸을 일으켰다.

아이나는 변함없이 나를 끌어안은 채였지만, 무슨 생각을 했는지 잠시 몸을 떨어뜨리더니 내 머리를 감싸듯 끌어안았다.

“하야토 군. 자, 이렇게 하면 진정될 거야.”

“잠깐?!”

꾸우욱, 하고 그녀의 풍만한 가슴팍에 머리가 눌렸다.

진정은커녕 오히려 긴장할 것 같았지만, 그녀의 향기와 부드러움, 그리고 온몸에서 전해지는 온기 덕분에 신기하게도 정말 마음이 차분해졌다.

“내 말이 맞지?”

“……응.”

마치 사키나 씨에게 무릎베개를 받고 있을 때와 비슷한 안정감이 느껴졌다.

그리고 아이나는 아리사가 돌아올 때까지 계속 나를 안아주고 있었는데, 거기서 문득 이런 생각이 들었다.

‘……신기하다, 이 느낌. 뭐지? 계속 이 온기에 젖어 있고 싶어…… 쭉 이렇게 있고 싶을 정도의 온기야…… 아, 안 되겠다. 너무 기분 좋아서 마음이 고장 날 것 같아.’

그 후 나는 아이나에게서 떨어졌지만, 약간의 외로움과 아쉬움을 느꼈다.

“아이나만 치사해. 나도 할래.”

“어?”

그리고 이번에는 돌아온 아리사에게도 같은 일을 당했고, 그녀에게서도 또 비슷한 감각을 느끼고 말았다.

역시 똑같은 아쉬움을 느끼면서도 아리사에게 몸을 뗐고, 그녀가 사 온 탄산음료를 목구멍에 들이부었다.

“……크하아아아!”

그러자 딱 좋은 자극에 기운이 돌아오는 것 같았다.

뭐, 덤으로 따라온 두 사람의 포옹에 꽤 기운을 되찾았지만, 뭐랄까…… 정말 두 사람의 상냥함에는 감사하는 마음이었다.

“고마워, 둘 다. 남의 불행한 가정사는 들어도 재미없었을 텐데, 그래도 두 사람이 격려해 줘서 정말 기뻤어.”

“재미없다니 그런 소리 마. 나는 얘기해줘서 정말 기뻤는데? 하야토 군에 대해 더 많이 알게 된 것 같아서, 좀 더 내가 하고 싶은 일을 빨리 실현하고 싶어졌을 정도인걸.”

“맞아, 하야토 군. 하야토 군은 분명 우리를 도와준 히어로지만, 한편으로 약한 부분도 있다는 걸 알았어. 그래서 지금보다 더, 나도 언니처럼 좀 더 열심히 하고 싶다고 생각했어♪”

두 사람이 무엇을 새삼 실현하고 싶어졌는지, 열심히 하고 싶어졌는지는 알 수 없었다.

하지만 두 사람에게서 느껴지는 남다른 결의 같은 것은 전해졌다. 내가 힘내라고 말하자 두 사람은 서로의 얼굴을 마주 보고는, 곧이어 무척 아름다운 미소로 고개를 끄덕이는 것이었다.

"그래. 저기, 아이나. 내일부터 당장 해볼까?"

"그러게. 하야토 군! 나랑 언니랑 도시락 싸줄게!"

"……어?!"

두 사람의 말에 나는 성대하게 놀라고 말았다.

이번 기회를 통해 나는 나의 가정사 이야기를 두 사람에게 들려주었다. 그리고 이 일로 무언가가 움직이기 시작할 것 같다는 강한 예감이 들었다.

▶▷

밤, 이미 시각은 11시가 넘었다.

평소 같으면 자고 있을 시간이겠지만, 그녀—— 아리사는 곧바로 침대에서 내려와 상의를 차려입었다.

그러고는 베란다로 이어지는 방 창문을 열었다. 문틈으로 찬 바람이 불었지만, 아리사는 개의치 않고 베란다로 나갔다.

"어머, 아이나?"

"응. 언니도 나랑 똑같아?"

"응."

이해했다는 듯 고개를 끄덕이는 두 사람, 두 사람은 어깨를 맞대고 하늘을 올려다보았다.

아리사는 집에 돌아온 이후 계속 하야토를 생각하고 있었는데, 아무래도 아이나도 마찬가지였던 것 같다.

"나 하야토 군을 향한 마음이 더 강해졌어."

그가 알려준 슬픈 과거, 그리고 눈동자에서 흘러내린 눈물을 보는 순간 아리사는 자신의 모든 것으로 그를 지탱해 주고 싶다고 다시 한번 굳게 다짐했다.

하야토에게 예속되고 싶은 그 마음은 변치 않았고 더욱 강해져 있었다.

"그건 나도 마찬가지야. 오히려 그렇게 착하고 좋은 사람이 보답받지 못하는 건 이상해."

아이나의 말에 아리사는 고개를 끄덕였다.

이번에 하야토는 부모님이 이미 돌아가셨다는 것과 혼자 살고 있다는 것을 알려주었지만, 아직 무언가 숨기는 것이 더 있는 것 같기도 했다.

그것은 당연히 궁금했지만, 지금은 어쨌든 하야토에게 힘이 되어주고 싶었다. 그를 위로해 주고 지탱해 주고 싶었다.

"……저기, 아이나."

"무슨 일이야?"

"나…… 내 마음을 좀 모르겠어."

"무슨 소리야? 자세히 얘기해 봐."

언니인 아리사의 물음에 아이나는 다정하게 그녀를 바라보며 되물었다.

"그…… 나는 하야토 군에게 예속되고 싶어. 도움이 되고 싶고, 힘이 되고 싶어. 그의 마음을 지탱해 주고 싶고, 온 마음을 바치고 싶다는 바람뿐이었는데…… 그와 같은 시간을 보낼 때마다 동시에 순수한 호의도 품게 됐어."

"응, 응."

"난 어느 쪽을 우선시해야 하는 걸까……."

그 대답이 나오지 않아 무척 곤란하다고, 아리사는 진지한 얼굴로 그렇게 말했지만, 아이나는 어쩔 수 없다는 얼굴로 한숨을 내쉬었다.

"언니는 생각이 너무 딱딱하다니까. 둘 다 하면 되잖아."

"어?"

히죽히죽 웃던 아이나가 아리사의 등 뒤로 가더니 크게 팔을 뻗어 아리사의 크고 탐스러운 과실에 손을 얹었다.

"잠깐……."

"봐, 이 가슴처럼 말랑하게 생각하라고."

"……무슨 소리야?"

주물주물 등 뒤에서 가슴을 만져오는 아리사였지만, 상대가 여동생이기 때문일까. 그녀는 딱히 별다른 제지 없이 아리사가 하는 대로 놔두었다.

"너무 어렵게 생각하지 말고 하야토 군에게 하고 싶고, 해주고 싶은 걸 자신의 마음에 따라서 하면 돼. 나도 마찬가지니까♪"

"……그래도 괜찮을까?"

"괜찮다니까!"

"꺄악?!"

꽈악, 가슴의 약한 부분을 꼬집자, 아리사가 날카로운 소리를 질렀다.

아리사가 아이나를 노려보았지만, 그녀는 장난에 성공한 아이처럼 깔깔 웃었고 죄책감을 느끼는 기색은 조금도 없었다.

그렇게 웃던 아이나는 이내 표정을 진지하게 바꾸고 말을 이었다.

"언니, 우리는 하야토 군을 무척 좋아해. 그 사실은 변하지 않을 거고, 그와 일상을 보낼수록 점점 더 그 마음은 강해지겠지."

"응."

아리사는 고개를 끄덕였다.

"그를 놓치고 싶지 않아, 그의 사랑을 원해…… 그를 우리 사랑에 빠뜨리고 싶어. 우리에게 의존하게 만들고 싶어."

"의존…… ."

의존, 과연 그것이 정말 좋은 것인지는 잘 모르겠다.

그러나 아리사는 결코 아이나의 말을 부정하지 않았고, 만약 그렇게 되어준다면 하야토는 계속 아리사와 아이나의 곁에 있을 수 있다. 그건 아리사가 바라는 미래이기도 했다.

"그런 우리들의 마음은 너무 무거워, 그건 언니도 알지?"

"응. 처음부터 남들과는 다르다는 건 알고 있었어."

자신의…… 아니, 우리의 마음이 남들보다 무겁다는 건 알고 있다.

그럼에도 멈출 수 없었기에, 아리사와 아이나는 하야토를 원하고 만다…… 은인인 그를 마음속 깊이 바라고 말았다.

"겨우 단 한 번의 도움만 받았을 뿐이라고 비웃는 사람도 있을지도 몰라. 하지만 그런 건 중요하지 않아. 중요한 건 우리의 마음이 그를 원한다는 거야."

"그래♪ 그러니까 언니, 우리는 하야토 군을 잡자. 그의 마음에 텅 빈 구멍을 메워주면서, 우리의 사랑으로 하야토 군을 늪에 빠뜨리는 거야♪"

그런 대화를 주고받은 후, 누가 먼저랄 것 없이 추위에 몸을 떨었다.

오래 대화해서 그런지 벌써 시간은 12시에 가까워지고 있었다. 슬슬 잘까, 하고 아리사가 말했고 아이나도 그 말에 고개를 끄덕였다…… 하지만.

"잠깐만, 왜 이리로 와?"

"뭐, 어때. 가끔은 같이 자자, 언니♪"

갑자기 자매가 함께 잠들게 되었다.

그렇게 크지 않은 침대였지만 둘이 꼭 붙으면 누울 수는 있었다.

"언니, 우리 둘이 잠시 해서는 안 될 회의를 한 느낌이지만, 우린 순수하게 하야토 군을 정말 좋아하는 것뿐이야. 우리들만의 존재였으면 좋겠고, 아무에게도 주고 싶지 않다고 생각하는 것뿐이고."

그렇다고 해도 그다지 순수하지는 않지만. 아이나는 그렇게 말하며 웃었고 아리사도 키득키득 웃었다.

“아까 한 말.”

“응?”

“사랑의 늪에 빠뜨리겠다는 말, 나쁘지 않네.”

“그렇지?”

하야토는 은인이며, 온 마음을 바쳐야 할 상대다.

그에게 폐를 끼치고 싶지도 않고, 이 마음을 강제로 밀어붙이고 싶지도 않다. 그러나 그가 진심으로 두 사람을 좋아하고 사랑에 빠지기를 원한다면 이야기는 별개다.

“……멋지네♪”

“좋아, 좋아! 언니도 의욕이 났구나!”

아이나의 시선을 받으며 아리사는 지금 이곳에 없는 하야토를 응시했다.

어두운 눈동자는 그를 품고, 그를 사랑으로 감싸 안고, 그리고 온 마음을 바치고자 하는 여자의 마음을 아리사 안에 꽃피웠다.

이미 운명은 움직이기 시작했고, 두 소녀는 반한 남자를 절대 놓치지 않을 것이다.

하야토를 옭아매고자 움직이기 시작한 두 무당거미는, 그 사랑이라는 이름의 실을 자아내 결코 벗어날 수 없는 둥지를 만들기 시작하는 것이었다.

“아, 맞다, 언니.”

“왜?”

“하야토 군 말이지. 중학교 때 사귄 여자가 있다는 것 같아. 금방 헤어졌다고 하긴 하는데, 우리가 다 잊게 해주자.”

“……하야토 군의 노예가 될 기회를 저버린 어리석은 여자가 있었다는 거야?”

“……그건 좀 다르지 않을까?”

살짝 대화가 어긋난 아리사였다.

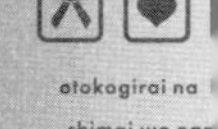

　그날, 내가 신조가에 다녀온 지도 2주 정도가 지났다.

　12월이 코앞으로 다가오자, 아침 바람도 쌀쌀해져서 이따금 몸이 으슬으슬 떨리기 시작했다.

　"……후."

　마지막 오전 수업. 이것만 넘기면 점심시간이다.

　'……하루하루가 정신없이 흘러가는 기분이네.'

　수업을 들으면서 멍하니 나는 그런 생각을 하고 있었다.

　지금까지처럼 평범한 날들이 흘러갔다면 굳이 이런 생각을 할 일도 없었을 것이다.

　"아리사와 아이나……."

　요즘은 방심하면 어느 순간 그녀들을 떠올리고 있다.

　학교에서는 절대 보여주지 않는 이들의 본모습, 그때의 대화가 생생하게 떠올랐기 때문이다.

　그리고 최근에는 특히 점심시간에 그것을 더 강하게 상기하게 된다. 무엇보다 매일 학교에 가기 전 그녀들과 만나게 된 변화에 대해서도, 왜 이렇게 되었을까 하며 당황하는 한편, 사소한 것이라도 함께 시간을 보낼 수 있다는 것에 편안함을 느끼고 있었다.

　"슬슬 시간이 다 됐구나. 당번, 인사해."

　"네. 기립, 경례."

　이런저런 생각을 하다 보니 수업이 끝났다.

점심시간이 되면서 학생들은 각자의 시간을 보냈고, 내 곁으로
는 소타와 카이토가 모였다.

"배고프다!"

"조금만 늦었으면 배에서 소리 날 뻔했어."

두 사람의 대화를 들으면서 나는 가방에서 어떤 것을 꺼낸다.

그것은 원래대로라면 내가 가져올 리 없는 것이었고, 최근에는
줄곧 나에게 그녀들이 건네주는 것이었다.

"오늘도 도시락이야?"

"야, 진짜 그거 누가 만들어 주는 거야?"

"뭐, 챙겨주는 사람이 있어서."

두 사람이 뚫어져라 바라보고 있는 이것이 바로 아리사와 아이
나가 싸준 도시락이었다.

두 사람이 매일 교대로 만들고 있는데, 오늘은 아리사의 작품
이다. 보기만 해도 느낌으로 알 수 있다.

"……하압."

계란말이, 닭튀김, 미니 함박스테이크, 아스파라거스 베이컨
볶음…… 겉보기에는 평범한 도시락 반찬 식단이다.

"……맛있다."

절로 말이 새어 나올 정도로 맛있었다.

감동해서 눈물을 흘릴 정도까지는 아니지만, 만약 내가 눈물이
많은 성격이었다면 진짜 울었을지도 모른다.

"엄청 행복하게 먹네……."

“……궁금하긴 한데, 이 모습을 볼 때마다 아무것도 못 물어보겠어.”

두 사람의 말에, 부디 더 이상 물어보지 말라며 나는 마음속으로 중얼거렸다.

만약 이 도시락을 싸준 사람이 미인 자매로 유명한 아리사와 아이나라는 게 들통나면, 두 사람뿐만 아니라 그녀들의 사랑을 애타게 갈구하는 남자들로부터 무슨 짓을 당하게 될지 불 보듯 뻔했다.

“아, 오늘 주먹밥은 매실장아찌구나. 헤헤…….”

주먹밥에 제일 좋아하는 매실장아찌가 들어있다는 사실만으로 웃음을 흘리는 꼴이 부끄럽지만, 정말로 그녀들이 만들어 준 도시락은 맛있었다.

학생 식당에는 학생 식당만의 장점이 당연히 있지만, 이 도시락에는 그런 학생 식당에서는 맛볼 수 없는 그녀들의 정성이 담겨 있었다.

‘그러고 보니 사키나 씨도 만들어 주고 싶다고 하신 것 같던데. 지금으로서는 두 사람이 그런 사키나 씨를 방어하고 있는 것 같지만.’

어느 부분에서 신경전을 벌이는 걸까 싶어 쓴웃음이 났지만, 사키나 씨가 만드는 도시락은 어떤 식단일지 조금은 궁금한 것도 사실이었다.

‘하지만…… 이렇게 매일 두 사람이 정성스럽게 도시락을 싸주

는 건 정말 기뻐. 기쁘지만 역시 미안한 마음도 있어.'

무리하지 않았으면 좋겠다. 그보다 이렇게까지 해주지 않아도 괜찮았다. 아리사와 아이나에게도 그렇게 전했지만, 두 사람 다 신경 쓰지 말라며 미소를 지을 뿐이었다.

'어째서 그 두 사람은 이렇게나 잘해주는 걸까.'

혹시 나를 좋아하나 싶었지만, 그건 역시 지나친 생각이라며 나는 고개를 저었다.

나는 그녀들을 도와주었지만, 그건 인간으로서 당연한 도리를 따랐을 뿐이다.

'하지만 저런 예쁜 아이들과 연인 관계가 될 수 있다면, 더할 나위 없을 만큼 행복하겠지.'

그런 생각을 하고 있으려니 어느새 도시락이 깨끗하게 비어 있었다.

줄곧 이 도시락을 먹고 있을 때는 이런 느낌을 받고 있는데, 그만큼 그들의 마음이 담긴 이 도시락이 맛있기 때문이었다.

"그렇게 맛있었어?"

"엄청나게 만족스러운 얼굴인데?"

"……아~, 위험할 정도로. 그보다 요즘 계속 내 얼굴만 보고 있잖아. 이 대화도 벌써 몇 번째야."

내가 그렇게 말하자 두 사람은 그것도 그러네, 하며 쓴웃음을 지었다.

"너 근데, 요즘 좀 밝아진 거 같다?"

"확실히. 요즘 잘 웃는 거 같던데?"

"갑자기 왜 이래? 원래 너희랑 있을 때는 자주 웃잖아?"

솔직히 평소와 어디가 다른지, 나로서는 알 수 없었다.

하지만 돌이켜보면 확실히 최근에는 많이 웃는 것 같기도 하다.

요즘은 집에 돌아가도 그다지 외로움을 느끼지 않는다.

"아니 근데 너희, 나를 너무 유심히 보는 거 아니냐?"

"그야 당연하지 않냐. 우리 엄마도 신경 좀 써주라고 했고,"

"그렇지. 애초에 그런 게 친구 사이 아니냐?"

이 녀석들, 낯부끄러운 말을 내뱉은 자각은 있냐?

그들의 마음 씀씀이에 민망해짐과 동시에, 그렇게까지 생각해 주고 있다는 것이 기뻐져서 조금 눈시울이 뜨거워졌다.

"……고맙다."

"오, 뭐야, 쑥스러워하는 거냐?"

"오구구, 그래써요~."

"이 자식들이. 뭔 말을 못 하겠네."

남이 순순히 감사를 전하면 또 이런 식이다, 하여간.

그렇게 화를 내면서도 셋이 웃음이 끊이질 않는 대화를 한 후, 나는 화장실에 가기 위해 교실을 나섰다.

그러자 마침 복도를 걷는 아리사와 아이나가 시야에 들어왔다.

친구들과 걷는 그녀들을 보니, 두 사람이 참 많은 이들의 사랑을 받는 게 새삼 느껴졌다.

"……?"

“……♪ ♪”

두 사람도 나를 알아차렸지만, 아는 척 없이 그대로 스쳐 지나 갔다. 하지만 스쳐 지나가는 그 짧은 순간에 아이나가 몰래 윙크를 날렸다.

그것을 깨달은 것은 나와 당사자인 아이나, 그리고 그녀의 언니인 아리사뿐. 다른 사람들은 우리 사이에 일어난 변화를 알아차리지 못했다.

“……앗, 이런. 화장실, 화장실.”

지나간 두 사람의 등을 배웅하던 나는 본래의 목적을 떠올리고 화장실로 향했다. 후련해진 나는 문득 턱에 손을 얹었다.

“학교에서는 정말 평소와 똑같단 말이야. 뭐, 나로서도 괜히 남자들에게 괴롭힘당하지 않는 것만으로도 다행이지만…… 역시 조금 두근거리긴 하네.”

아리사와 아이나가 남자를 싫어한다는 사실을 아는 건 나뿐이지만, 그래도 나에게 그녀들은 정말 다양한 모습을 보여주었다.

학교 안과 밖에서 달라지는 이들의 모습에, 작게나마 자신이 특별하게 대우받는 것 같아 기뻤다.

“쯧, 아까도 생각했지만, 쓸데없이 기대하지 말라고.”

어차피 나는 사귄 여자친구의 기대에도 부응하지 못하고 단기간에 헤어져 버린 녀석이니까. ……어쩐지 서글퍼졌다.

그 후에는 교실로 돌아와 오후 수업을 받았다.

방과 후, 나는 집으로 가기 위한 길을 서둘렀다.

"아, 왔다~!"

내 집에 가려면 신조가 앞을 지나야 한다.

나를 맞이한 건 집 앞에서 이미 사복으로 갈아입은 아리사였다. 몸치장에 열심히 집중하던 그녀는 나를 발견하자 활짝 웃었다.

"또 만났네, 하야토 군."

"응, 근데…… 빠르네?"

"서둘러서 돌아왔으니까. 그러면 하야토 군, 갈까?"

"응."

사실 이렇게 오늘 그녀와 방과 후에 만나는 것은 이미 약속된 일이었다.

지금부터 아리사와 함께 향할 곳은 나의 집이었고, 이것이 나의 일상에서 일어난 가장 큰 변화였다.

구체적으로 말하면, 아리사와 아이나가 저녁을 만들러 내 집에 오게 된 것이다.

"오늘 도시락은 어땠어?"

"엄청 맛있었어. 오늘은 아리사가 만든 느낌이었는데, 맞아?"

"정답이야. 후훗, 이제 나와 아이나의 맛 차이를 알게 된 거야?"

"아직 그 정도까지는 아니고, 왠지 모르게 알 것 같은 정도? 다음에 물어보면 틀릴 수도 있어."

"그렇다고 해도 화내지는 않아. 그러니 하야토 군은 안심하고 도시락 감상을 들려줘. 맛있다고 해주는 것만으로도 무척 기쁘거든♪”

“읏…….”

이 미소…… 이 미소가 정말로 매력적이다.

가뜩이나 흘러넘치기 직전인 그녀의 매력이 짙게 배어난 미소에 나는 무심코 실례라는 걸 알면서도 시선을 피해버렸다.

“하야토 군?”

“……왠지 덥네, 오늘은.”

“그래? 좀 쌀쌀한 것 같은데…….”

내가 둘러댄 핑계를 아리사는 그대로 받아주었다.

말을 둘러댄 입장이긴 하지만, 눈치 빠른 그녀가 민망해하는 나를 알아챈다면 그건 그거대로 민망했기에 그대로 넘어가 준 것은 정말 감사했다.

“자, 들어와.”

“실례합니다.”

둘이 집에 들어갔는데, 그녀가 가장 먼저 향한 곳은 불단이었다.

그녀뿐만 아니라 아이나도 집에 들어오면 꼭 불단으로 가서 아빠와 엄마에게 인사를 건네주었다.

“오늘도 실례하겠습니다. 아버님, 어머님.”

불단에 놓인 두 사람의 사진은 웃고 있었는데, 갑자기 집에 와서 밥을 하는 그녀들을 어떻게 생각하고 계실까.

도모토 카나타, 도모토 카스미, 나의 부모님이 지켜봐 주시는 곳이었기 때문에 이곳은 내게도 정말 특별한 장소였다.

"······엄마는 시원스럽게 웃고 아빠도 엄마를 따라 웃을 것 같아."

두 사람 다 살아계셨다면 무조건 그랬을 것 같다. 하지만 그 생각을 하면 역시 좀 외로웠다.

"자, 그러면 저녁 준비를 시작해 볼까?"

"아리사, 잠깐 괜찮아?"

"왜?"

몸을 일으킨 그녀와 얼굴을 마주 보며 나는 생각했던 것을 말했다.

"나는 도시락도 정말 기쁘고, 이렇게 저녁을 만들어 주는 것도 너무 감사해. 아리사뿐만 아니라 아이나도 마찬가지고."

"에이~."

"그런데······ 정말 무리하는 거 아니야? 내가 아리사와 아이나의 시간을 너무 빼앗는 게 아닐까? 내 일에 그렇게까지 시간을 할애하지 않아도——."

거기까지 말했을 때, 아리사가 살짝 내 입가에 검지를 올려놓았다.

"정말 괜찮아. 무리해서 몸을 망치는 건 언어도단이지. 그런 짓을 했다간 정말 하야토 군에게 폐가 되는 건 물론이고 걱정을 끼치게 되잖아? 나와 아이나도 잘 알고 있어. 우린 원해서 너에게 이렇게 시간을 바치고 있는 거야."

그렇게까지 말해 버리면 나로서는 더 이상 할 말이 없었다.

본래 그녀들의 엄마인 사키나 씨까지도 딸들이 하고 싶은 대로 뇌두는 방침이라고 하니, 오히려 내가 이렇게 고민하는 게 더 이상한 것 같기도 했다.

"그럼 나는 저녁 준비 시작할게."

"……정말로 고마워."

"후후♪ 그게 좋은 거야. 감사 인사는 밥 먹을 때 해 줘."

검지를 입가에 대고 장난스럽게 몸을 움직인 아리사가 그렇게 말해왔다.

나도 모르게 밖으로 뛰쳐나가 완전 반할 것 같다고~! 라며 소리칠 뻔했지만, 그런 마음이 날아갈 정도의 사태가 벌어지리라고는…… 그때의 나는 예상조차 하지 못했다.

"이야~, 오늘도 맛있어!"

"고마워, 하야토 군."

아리사가 만들어 준 소고기 스튜를 먹으며 진심을 담아 중얼거렸다.

그녀가 집에 온 뒤에 약간의 해프닝은 있었지만, 그로부터 시간은 흘러 곧 저녁이 되었다.

"하야토 군이 맛있게 먹어주는 얼굴을 보는 게 요즘의 즐거움이야. 더 있으니까 많이 먹어. 남은 건 냉장고에 넣고 내일 아침에 전자레인지에 데워 먹으면 돼."

“하나부터 열까지 미안해.”

“괜찮대도. 자, 나도 먹어볼까?”

내 감상을 기다리고 있던 것인지, 그제야 아리사도 스튜를 먹기 시작했다.

“그나저나 하야토 군, 이제 곧 기말고사인데 잘 되고 있어?”

“……아~.”

그러고 보니 그랬다.

나는 기본적으로 공부를 못하는 편은 아니지만, 매번 고득점을 받을 정도로 머리가 좋은 것도 아닌, 말하자면 딱 보통이다.

“뭐, 평소와 같겠지. 1학기 중간과 기말, 그리고 2학기 중간도 그저 그랬으니, 이번에도 적당히 노력할 거야.”

좋은 점수를 받는 것보다 더 나은 것은 없겠지만, 평소보다 조금만 점수가 좋아도 만족감이 들었기에 그렇게까지 열심히 할 생각은 없었다.

“……그렇다면.”

“그렇다면?”

“우리랑 같이 공부하지 않을래?”

“아리사와 아이나랑?”

“응, 내 입으로 말하기는 그렇지만, 나도 아이나도 성적은 좋은 편이거든. 그러니 여러모로 알려줄 수 있는 것도 있을 거고, 어때?”

“그러면 나야 고맙지.”

"그럼 결정이네♪"

그렇게 해서 갑작스럽지만, 시험 전에 함께 공부하게 되었다.

장소를 우리 집에서 할지 아리사네 집에서 할지에 관한 부분은 나중에 정하기로 했는데, 아리사는 정말 그때가 기대되는 모습이었다.

'……일단 이쯤에서 지적을 한번 해 둘까.'

식사가 끝난 나는 결심하고 다시 그녀의 모습을 보며 입을 열었다.

"저기, 아리사…… 근데 왜 메이드복이야?"

그랬다. 지금 그녀는 무슨 생각인지 메이드복 차림이었다.

학교가 끝난 뒤 그녀와 만났을 때 큰 짐을 들고 있긴 했는데, 설마 그것이 메이드복일 줄은 몰랐다.

저녁을 만든다기에 앞치마를 꺼낼 줄 알았는데 예쁘게 접힌 메이드복이 나왔을 때는 무심코 다시 봤…… 아니, 세 번은 다시 봤을 정도다.

"하야토 군을 위해 뭔가 해주고 싶었거든. 그래서 이걸 입고 싶어졌어. 그 이후로 입을 일도 없었으니 마침 잘됐지."

"……그런 거야?"

"그런 거야. 새삼스럽지만…… 어때?"

몸을 일으킨 아리사는 그 자리에서 빙글~ 돌았다.

그녀가 입고 있는 메이드복은 그때와 똑같았다. 프릴이 많고 몸의 라인이 드러나 있고, 미니스커트 타입이라 눈부실 정도의 허벅지가 보이고 있었다.

“저…… 그때도 말했지만 정말 잘 어울려.”

“후후, 어때? 내 주인님이 되고 싶어졌어?”

입가에 손을 얹은 아리사가 요염한 분위기를 두른 채 그렇게 물어왔다.

무서울 정도의 미소녀에게 이런 말을 들어본 경험이 없었던 나는 그만 어떻게 대답해야 할지 모를 정도로 굳어 버렸다.

‘……나, 지금 다른 세계에 살고 있는 건가.’

그녀가 누군가에게 온 정성을 다하고 싶다는 이야기는 들었지만, 이것도 만약 그 일환이라면, 그녀의 눈동자에서 느껴지는 진심을 이해할 수 있을 것 같았다.

“하야토 군, 어때?”

“읏…….”

생각에 집중한 탓에 거리를 좁혀 온 아리사를 알아채지 못했다.

가까이 있던 그녀에게서 거리를 벌리듯 한발 물러서자 뒤에 닿은 것은 마침 소파였고, 나는 그만 균형을 잃고 뒤로 쓰러졌다.

“하야토 군!”

소파는 부드러운 재질이었기 때문에 넘어진다 해도 걱정은 없었지만, 아리사는 쓰러지는 나를 보고 순간적으로 팔을 뻗었고, 그리고 함께 쓰러져 버렸다.

“괜찮아……?”

“아아…… 어.”

　받쳐주려 했던 그녀를 반대로 아래에 깔린 내가 받쳐주고 있는 형태였는데, 왼손에 전해지는 부드러운 감촉에 의식이 전부 쏠리고 말았다.

　그 손바닥에 있는 것은 틀림없는 아리사의 풍만한 가슴이었고, 그녀의 체중을 받치는 자세였기에 손가락이 완전히 푹 파묻혀 있었다.

　"미, 미안——."

　무심코 힘을 준 탓에 손가락이 더 깊게 그녀의 가슴으로 파묻혔다.

　아리사는 괴로운 듯한 소리를 내면서도, 나를 빤히 쳐다보며 얼굴을 가까이했다.

　"이제부터 어떻게 할 거야? 뭘 해주길 원해?"

　마치 뇌를 침범하는 듯한 달콤함을 내포한 말과 아리사의 온기와 부드러움이 내 이성을 습격했다.

　"뭐든 다 좋아. 뭣하면…… 이런 일도."

　"아, 아리사?!"

　씨익 웃은 그녀가 가슴팍의 단추에 손을 얹었다.

　톡, 톡 하는 소리를 내며 위에서 두 개쯤 단추를 풀자, 메이드복 원단 위에서 주장하고 있던 부푼 골짜기가 들여다보였다.

　"읏……."

　시선을 돌려야 하는데, 차마 시선을 돌릴 수가 없었다.

　키득키득 웃은 아리사가 자기 손가락을 그 커다란 가슴속에 밀어 넣더니 달콤한 한숨을 내쉬며 말을 이었다.

"나는 메이드, 하야토 군만의 메이드야. 어떤 봉사라도 다 해줄게, 야한 거라도 상관없어. 뭐든 다 해줄게."

"아리사……."

뭐야, 대체 뭐냐고 이건.

안 된다는 걸 알고 있는데, 아리사가 내뱉는 말과 분위기에 모든 것이 삼켜질 것만 같아서…… 정말이지 눈앞에 있는 야하고 음란한 메이드를 제멋대로 휘두르고 싶다는 생각마저 들고 말았다.

'……몸매 좋고 야한 메이드, 물론 그건 확실히 남자의 로망일지도 모르지만, 이건 좀——.'

지나치게 자극이 강했다.

게다가 아리사의 청초한 외모까지 더해져서 음란함이 더 두드러진다고나 할까, 마음을 사로잡고 놔주지 않는 무언가가 있는 것만은 확실했다.

"자, 하야토 군, 말해봐—— 뭘 해주길 원해?"

"……나는……."

귓가에 속삭이는 그 목소리에 이끌리듯 내 손이 그녀의 가슴으로 향했다.

벌려진 가슴의 그 끝으로, 조금만 더 가면 그 부드러움을 느낄 수 있다고 생각한 그 순간, 나는 손을 되돌렸다.

"크흠! 놀리지 말아줘, 아리사."

잘 참았다고 스스로를 칭찬해 주고 싶은 기분이었다.

아리사는 되돌아간 내 손을 못마땅하게 바라보다가 볼을 불룩하게 부풀렸다.

"놀린 거 아닌데…… 휴, 꽤 강적이네."

강적이라니 뭘까, 나는 속으로 중얼거렸다.

이런 불의의 사고 같은 것도 포함해서, 최근 사소한 일로 이렇게 이들의 몸에 닿는 일이 늘어났다.

지금의 아리사처럼 아이나도 매번 틈이 날 때마다 몸을 떼지 않고 현란한 말과 분위기를 두르고 다가온다. 정말 내 이성을 녹이겠다는 듯, 혹은 사로잡겠다는 듯 달콤한 페로몬을 흩뿌려 대는 것이다.

'……모르겠어. 왜 두 사람은 그런 짓을 하는 거지? 단순한 몸 터치라면 그나마 나아. 하지만 둘은——.'

손쉽게 마음속으로 파고든다. 바로 오늘도.

"하야토 군."

아리사는 내 얼굴을 가슴에 안았다.

부드럽고 따뜻하게, 안심시키듯이 말해온다.

"나는 하야토 군에게 어서 오라고 말해 주고 싶어. 네가 돌아왔을 때 절대 외롭지 않다는 것을 알려주고 싶어."

또 이렇다……. 그녀들의 말은 내 안으로 강하게 파고들었다.

어리광 부리지 말라고 마음을 강하게 먹어봐도, 독처럼 쉽게 안쪽으로 파고들어 벽을 허물고 그녀의 말이 직접 마음으로 전해진다.

"우리의 존재에, 목소리에, 이렇게 닿아있는 순간에 조금이라도 편안함을 느낄 수 있다면 부디 어리광을 부려줬으면 좋겠어. 다 받아줄게, 열심히 애썼다고 말해줄게. 내가 네 온기가 되어줄게."

파고드는 말은 결코 예리한 칼날이 아니었다. 부드럽게 스며드는 달콤한 꿀 같았다.

그대로 빠져들고 싶을 정도의 따뜻함과 부드러움이지만, 마지막에는 이성이 억눌렀다.

하지만 그 이성의 방파제도 서서히 무너지고, 곧 완전히 무너질 것 같다는 느낌이 들었다.

"내가 버팀목이 되어줄게. 계속, 언제까지나 너를 지지해 줄 거야. 어떤 일이라도 받아줄게. 난 너만의——."

단순히 빠져들고 싶다는 그런 수준의 이야기가 아니었다.

참을 수 없을 정도로 그 온기에 이끌린 나머지 무심코 손을 뻗고 싶어졌으니까.

그 후에 아리사를 집으로 배웅했는데, 역시 옷은 갈아입게 했다.

아무리 밤이라 남의 눈이 거의 없다지만, 어둠 속에서 메이드복을 입은 여자아이를 걷게 했다간 어떤 시선을 받을지 알 수 없었기 때문이다.

"그럼, 하야토 군. 잘 자."

"응. 잘 자, 아리사."

그녀의 집이 보이는 곳에서 나는 아리사와 헤어졌다.

그 등이 현관으로 사라질 때까지 찬찬히 지켜보던 나는 불어오는 추운 바람에 몸을 약간 떨며 돌아섰다.

▶▷

아리사가 저녁을 만들러 와준 날로부터 며칠이 지난 금요일.
"……후우."
타올에 거품을 내서 몸을 씻고 있는데, 조금 어수선한 기분이었다.
"빨리 씻고 나가자. 뭔가 안 좋은 예감이 들어."
내가 그렇게 중얼거린 이유는 간단하다. 오늘은 아이나가 저녁을 만들러 와주었기 때문이다.
알아서 준비할 테니 그 틈에 목욕하고 오라고 해서 지금 이렇게 몸을 씻고 있는 것인데, 그런 일은 없을 거라고 생각하면서도 어째서인지 나는 아이나가 뭔가를 하고 있을 것만 같은 기분이 들었다.
"이 상황에서 뭘 한다는 거야, 바보야……. 하지만 최근 아리사도, 아이나도 은근히 몸 터치가 많고 거리감이 가깝단 말이지."
그 메이드복 소동만 제외한다면 아리사는 그나마 가벼운 편이지만, 아이나가 되면 단숨에 이야기가 달라진다.
"하야토 군, 벌써 탕에 들어갔어?"
아이나를 생각해서 그런 것일까, 어째서인지 그녀가 탈의실에 얼굴을 내밀고 말을 걸어왔다.

"어? 아아, 아니. 미안. 아직 씻는 중이야."

갑작스러운 상황에 두근거림을 느끼면서도, 들려온 아이나의 목소리에 나는 그렇게 대답했다.

'이제 겨울이니까, 욕실에서 이러고 있으면 감기에 걸리겠지. 그렇게 되면 정말 걱정을 끼칠 거야.'

아이나도 여기서 목욕을 하고 싶다고 했으니 얼른 끝내자.

그렇게 생각하고 손의 움직임을 재개했지만, 아무리 지나도 탈의실에서 아이나가 나가려는 기색이 없었다.

"무슨 일 있어?"

"으음~……."

뭔가를 생각하는 듯한 목소리를 내는가 싶더니, 그녀가 갑자기 이런 말을 했다.

"사실 요리하다가 물을 뒤집어썼거든. 옷이 다 젖었는데 나도 들어가도 될까? 감기 걸리면 곤란하니까 들어갈게?♪"

"……뭐?"

지금 절대 놓치면 안 될 말들이 내 고막을 울린 것 같은데.

번쩍 눈을 뜬 내 등 뒤에서 옷 벗는 소리가 들리더니, 곧 문이 열리고 아이나가 모습을 드러냈다.

"실례합니다~ ♪"

"자, 잠깐, 뭐 하는 거이요?!"

조금 전까지의 생각과 고민이 싹 날아가고, 심지어는 말하는 법까지도 꼬여버릴 정도의 광경이 눈앞에 펼쳐져 있었다.

당연히 완전한 알몸은 아니지만, 수건을 몸에 두른 그녀는 장난에 성공한 아이처럼 생글생글 웃으며 나를 바라보았다.

"등 밀어줄게♪ 거부권은 없어♪"

"……."

그녀의 모습에 입을 뻐끔거리며 나는 그저 바라볼 수밖에 없었다.

그렇다고 몸을 부르르 떨며 춥다고 말하는 그녀에게 그만 나가라고 말할 수도 없었다.

"내가 씻겨줄게. 자, 그거 빌려줘?"

"아, 네."

인간은 놀라움과 당황스러움이 한계치를 초월하면 반대로 냉정해진다고 한다.

손에 들고 있던 타올을 아이나에게 건네자, 그녀는 내 등에 타올을 부드럽게 누르며 쓱쓱 닦아주었다.

"흥흥~♪ 흠~ 흐흠♪"

콧노래를 흥얼거리며 유쾌하게 움직이는 그녀의 손길은 무척 상냥했다.

적어도 다음에 또 해줬으면 좋겠다고 바보 같은 생각을 하게 될 정도로, 나 역시 무척 편안하고 기분 좋았다.

"씻을게."

"응……."

쏴아아 하는 소리를 내며 뜨거운 물이 등을 타고 흘렀고, 거품이 휩쓸리듯 흘러갔다.

그 후 내 배 뒤에서 그녀의 손이 감겨왔고, 그대로 아이나는 내 등을 끌어안았다.

"미안해. 잠깐 이러고 있고 싶어."

"……알았어."

부끄러움은 있다, 머리는 패닉 상태다…… 그럼에도 그 이상으로 안심감이 더 강했다.

"하야토 군의 등은 크네. 남자아이의 등…… 우리를 지켜준 정말 크고 의지 되는 등…… 내가 가장 좋아하는 등이야……."

마지막으로 작게 중얼거린 아이나는 키득 웃으며 내게서 떨어졌고, 곧 자기 몸을 씻기 시작했다.

나는 곧바로 나가려고 했지만, 제대로 몸을 데우라는 말과 함께 막히고 말았다. 나는 그 말에 순순히 욕조에 몸을 담갔다.

"그럼 나도 들어갈까♪"

우리 집 욕실은 꽤 큰 편이라 욕조도 두 사람이 들어가기엔 충분했다.

찰박거리는 소리를 내며 옆에 앉은 아이나의 모습을 나는 최대한 보지 않으려고 애쓰며 평정심을 유지하려고 노력했다.

아리사 때도 그랬지만, 해프닝이 벌어지거나 해서 두근거리는 일은 정말 많았어도 이런 일은 역시 처음이었다.

"……아."

“후훗, 신경 쓰여?”

힐끗 옆을 봤을 때 아이나와 시선이 마주쳤다.

그녀의 예쁜 눈동자를 마주하니 차마 시선을 돌릴 수가 없었다. 결 좋은 갈색 머리가 피부에 달라붙어 있는 것도, 수건을 둘렀음에도 보이는 가슴 골짜기도, 새하얗고 탐스러운 피부도 전부 보이고 말았다. 이렇게 예쁜 여자가 이 세상에 있어도 되는 걸까 싶을 정도였다.

“……저기, 나도 부끄러워. 그런데 왜 같이 목욕하는 건가 싶겠지만, 이유는 단순해. 하야토 군과 함께 들어가고 싶었거든!”

“직설적이네…….”

“그래도 역시 위험해, 이거. 저기, 하야토 군, 나 정말 임신해 버릴지도 몰라.”

“무슨 뜻이야?!”

갑자기 임신 같은 말을 함부로 하지 말아줬으면 좋겠다. 심장에 너무 해롭다.

그보다 지금 이런 상황에서 그 말은 정말로 위험했다, 반대로 의식하지 말라고 하는 게 더 어렵다고.

“……아이나?”

“……왜?”

얼굴이 새빨갛게 달아오른 아이나는 눈치챘을까, 그녀가 욕조에 들어온 후로 계속 내 손을 움켜쥐고 있다는 것을…… 즉, 그녀는 의식하지 않은 채 나를 이 자리에 매어 두고 있었다.

“저기, 하야토 군, 나…… 하야토 군의 아버님과 어머님 이야기를 듣고 싶어.”

“우리 부모님?”

“응.”

다소 뜬금없는 이야기였지만, 이 상황에서는 그것도 무척 감사했다.

“뭐부터 얘기하면 좋을지…….”

“뭐든 좋아. 뭐든 다 듣고 싶으니까.”

내 말을 기다리는 아이나가 빤히 쳐다본다.

딱히 숨기는 것도 아니고, 부모님이 안 계신 걸 이미 알고 있는 아이나라면 상관없겠지, 하는 마음에 나는 이야기를 꺼냈다.

아마 아리사에게도 조만간 이야기하게 될 내용이었다.

“나에게 부모님은 정말 소중한 존재였어. 아빠는 자상하셨고, 엄마는 엄청 강하셨지.”

“강해?”

“아…… 뭐랄까, 엄마에게는 그런 표현이 딱 어울렸거든.”

아빠는 자상하고 엄마는 강하다, 그게 내가 가진 이미지였다.

“아빠는 내가 초등학교 때 사고로 돌아가셨고, 엄마는 중학생 때 병으로 돌아가셨는데 정말 애정을 갖고 길러주셨어.”

이제는 어떻게 지냈었는지 자세히 되새기는 일은 줄어들었지만, 그래도 부모님과의 기억은 퇴색되지 않았다.

“나는 하야토 군과 부모님이 어떻게 지냈는지는 당연히 모르지만, 그래도 하야토 군의 말을 듣고 있으면 부모님을 정말 좋아한다는 게 느껴져."

"……그래?"

"그렇다니까♪"

확실히 나는 부모님을 정말 좋아한다. 하지만.

"그건 아이나도 마찬가지 아냐? 아리사와 사키나 씨도 돌아가신 아버님을 무척 좋아한다는 게 전해져. 그 점에 있어서는 마찬가지야."

"그, 그런가?"

"그래. 가족이 소중하다는 점에선 우린 닮은꼴 동지네?"

"……아."

그렇게 말하자 아이나는 어딘가 멍한 표정을 지었다.

혹시 수건이벗겨진 건가 불안해진 것도 잠시, 그녀가 갑자기 눈동자를 촉촉이 적시며 에헤헤 웃었다.

"왜 그래? 괜찮아?"

"응, 괜찮아. 미안해. 갑자기…… 뭐랄까, 아까 하야토 군의 웃는 모습이 아빠랑 겹쳐 보여서."

그건…… 영광이라고 생각해도 되는 걸까 아닌 걸까.

딱히 늙어 보인다는 뜻은 아닌 것 같았지만, 아이나는 진심이 담긴 어조로 말을 이었다.

"언니도 말했지만, 하야토 군을 보면 문득문득 아빠가 떠오를 때가 있어. 의지가 되는 것도 그렇고, 우리를 지켜줄 거라는 안도감이 특히.”

“그래? 하지만 그 일 이후로 별다른 사건은 없었으니, 의지할 만한 구석이 어디 있었는지 나는 영…….”

“후후, 곁에 있는 것만으로도 우리 마음이 편안해져. 기댈 수 있는 존재라는 거지♪”

아이나는 내 어깨에 머리를 얹으며 그렇게 말했다.

이미 이 상황에 익숙해진 것인지 차분해 보이는 것이 반대로 놀라웠지만, 어쩌면 가족 이야기를 하고 있어서 마음이 진정된 것일지도 모른다.

그 후로도 나와 아이나는 가족 이야기로 대화가 달아올랐는데, 나는 비로소 즐겁기만 했던 기억에서 조금 씁쓸한 기억으로 옮겨갔다.

“굉장히 행복한 가정환경이었지만, 사실 아빠 쪽 집안에서는 꽤 미움을 받고 있어.”

“어?”

아이나가 눈을 동그랗게 떴다.

이 말을 계속 이어가도 되는지 묻자, 그녀는 고개를 끄덕였다.

“고마워.”

아빠와 엄마는 대학에서 알게 되어 연애결혼을 했다. 거기까지는 훈훈한 에피소드다.

하지만 아빠의 집안은 가문을 중시하는 곳이라, 평범한 가정에서 태어나 자란 엄마를 탐탁잖게 여겼다. 당연하게도 결혼을 인정받을 리 만무했고, 결국 아빠는 거의 도망치듯 나와 결혼해야 했다.

"그 일로 아빠는 집안과 거의 연을 끊었어. 그래서 친가 쪽은 나나 엄마를 싫어해."

"……그랬구나."

"무슨 만화 줄거리 같지? 그런데 실제로 있더라고, 이런 일이."

그래, 실제로 있었던 일이다.

왜 내가 그렇게 생각하게 되었냐면, 그것을 알게 된 그들과의 만남이 딱 한 번 있었기 때문이었다.

"그 사람들은 아빠가 돌아가신 지 며칠 만에 나와 엄마 앞에 나타났어. 그때는 말의 뜻을 이해하지 못했지만, 지금이라면 알 수 있어……. 나랑 엄마는 정말 엄청나게 욕을 먹었거든."

아빠를 잃고 초췌해진 엄마에게 가해지는 욕설에 나는 참지 못하고 엄마를 지키듯 그들 앞에 나섰다.

그 후로 그들과 만나는 일은 지금까지 없었지만, 그날 밤 엄마가 말씀하신 것만은 아직도 기억하고 있다.

『하야토의 등이 무척 커 보였단다. 마치 아빠 같아서, 엄마는 정말 기뻤어.』

엄마는 그렇게 말하면서도 눈물을 흘리셨고, 그런 엄마를 보고 이번에는 내가 펑펑 울었다. 거기에 엄마가 이끌려서 더 울어버리는 무한 루프가 이어졌다.

그런 일련의 일들이 나에게 엄마를 지켜야 한다는 하는 마음을 품게 했다.

"엄마는 나한테 자주 어리광을 부리라고 하셨어. 애들은 부모에게 보호받는 존재라고. 그런데 막상 엄마가 우는 모습을 보니까 이게 꽤 마음에 남더라. 울지 마, 내가 지켜줄 테니까, 라는 생각을 하게 됐지."

결국 좀 어두운 이야기가 되어버렸네.

그때 아이나가 손가락으로 내 눈가에서 눈물을 훔쳤다.

당시의 일을 떠올리면서 나도 모르게 눈물이 흘렀나 보다. 나는 갑자기 부끄러워져서 그녀에게서 시선을 돌리려고 했지만, 그럴 수 없었다.

"……그래, 그랬구나. 하야토 군의 등이 커 보였던 이유를 이제야 알 것 같아. 응, 내가 좋아하게 될 수밖에…… 이렇게 멋진 사람을 좋아하지 않을 리가 없잖아."

아이나는 한번 눈을 감고 뭔가 결심하는가 싶더니, 내 머리를 부드럽게 감싸 안았다.

"저기, 하야토 군, 하야토 군은 아주 강한 사람이야. 하지만…… 외로움을 많이 타는 구석도 있는 것 같아."

"……웃."

"그 외로움, 내가, 우리가 채우게 해줘. 절대로 외롭게 만들지 않을게, 언제나 어디서나 우리가 하야토 군을 채워줄게. 그러니까…… 우리에게 전부 의지해 줘."

자신에게 의지하라는 말이 달콤한 마약처럼 머릿속에 파고들었다.

고개를 들자, 아이나가 자애로운 눈동자로 나를 바라보고 있었다.

그 눈동자에 비친 나는 마치 미아가 된 아이처럼, 어찌할 수 없을 정도로 그녀를 원하는 눈을 하고 있었다.

"참고로 하야토 군과 같이 목욕하고 싶어서 물은 일부러 뒤집어쓴 거야♪"

"……어?!"

아리사, 아이나와의 일이 있고 난 뒤의 휴일.

다음 주부터 이들과 모여 시험공부를 할 계획을 세우고 있었다. 지금까지와는 다른 시간이 될 것 같다는 생각에 내심 기대가 되었다.

"후우, 하지만 그게 다가 아니란 말이지……."

설레기도 하지만, 이대로 지내도 되는 걸까 하는 생각도 계속 들었다.

도시락을 싸주고 저녁도 해주고……. 나에게 이만큼이나 베푸는데, 그녀들의 마음을 모를 수가 없다.

"역시 그런 거겠지."

나도 의심을 거듭했지만, 여기까지 해놓고도 모르는 건 건 하렘 만화의 둔감형 주인공이 아니면 불가능하다. 나는 그녀들의 마음을 알아차렸다. 알아차리고 말았다.

『하야토 군.』

『하야토 군♪』

두 사람의 목소리가 뇌 속에서 반복되었다.

그만큼 나도 두 사람이 신경 쓰이고, 그 정도로 가까운 존재가 되어버렸다는 증거겠지.

"하지만, 나는 어떻게 하면 좋지?"

그녀들의 마음을 알면서도 지금의 생활을 받아들일 것인가,

아니면…….

"하야토 군."

"하야토 군♪"

이거 봐, 두 사람을 생각해서 그런지 또다시 목소리가 들려왔다.

"이젠 환청까지……. 대체 두 사람 생각을 얼마나 하는 거야."

"아, 우리 생각을 하고 있었어?"

"오♪ 좋은 소리를 들었는데, 언니!"

이런, 어쩌지. 두 사람의 목소리가 사라지지 않는다. 이건 중증 아닐까.

마음을 가라앉히기 위해 크게 숨을 내쉰 순간 두 손을 각각 잡혔다. 나는 움찔 몸을 떨며 좌우를 바라보았다.

"……어?"

내 손을 잡은 아리사와 아이나였다.

뭐야, 환청이 아니라 환각……일 리가 없잖아!

"왜, 왜 두 사람이 여기 있어?!"

설마 우연히 두 사람을 거리에서 만날 줄은 몰랐다.

두 사람은 생글생글 웃으며 이유를 말해주었다. 심심함을 주체하지 못해 자매끼리 사이좋게 데이트를 나온 모양이었다.

"백합 루트에 들어간 건 아니니까, 오해하면 안 돼!"

"어? 아, 으응……."

갑자기 필사적으로 부정하는 아이나의 모습에 나는 반사적으로 고개를 끄덕였다.

아리사와 아이나의 백합이라. 그건 그거대로 나쁘지 않을 것 같은데.

"하야토 군은 뭐 하고 있었어?"

"그냥 적당히 돌아다니고 있었어."

"그렇구나……. 흐음?"

"흐음…… 흠? 흐음♪"

최근에는 그녀들의 행동만으로 무엇을 생각하고 있는지 알게 되었다.

나로서도 갑작스러운 만남에 놀라긴 했지만, 역시 마음이 기뻐하고 있는 것이 느껴졌다.

"두 사람 다 오늘 한가해?"

"한가해!"

"한가해!"

"응, 알았어."

두 사람의 기운 넘치는 대답에 쓴웃음을 지으며, 그렇다면 같이 쇼핑이라도 하자는 이야기가 되었다.

"그러고 보니 언니 방에 있는 메이드 옷은 하야토 군이랑 고른 거지?"

"그건 내가 골랐다기보단……."

"하야토 군의 마음에 드는 걸 샀으니 맞지 않을까?"

"부럽다! 나도 하야토 군이 옷을 골라줬으면 좋겠어!"

조용했던 휴일이 단숨에 시끄러워지고 말았다.

학교에서는 결코 그녀들과 이렇게 마주할 일이 없는 만큼, 이렇게 학교 밖에서 만나면 그녀들은 전혀 다른 얼굴을 보여준다.

'그걸 또 난 기쁘다고 생각하고 말이지.'

그리고 그게 오로지 나에게만 향하는 특권인 것도 알고 있다.

그렇기에 나는 어떻게 이 호의에 대해야 할지 망설여졌다.

"무슨 일 있어? 뭔가 복잡해 보이는 얼굴이야."

"딱히 그런 건……."

"그러면 노래방에 가서 신나게 놀까? 그러면 사소한 고민 같은 건 날아갈 거야!"

"날아가면 안 되지……. 저기 하야토 군, 고민이 있는 거면 들어줄게."

"날린다는 건 농담이었어. 맞아, 하야토 군. 고민이 있으면 말해줬으면 좋겠어."

"고마워, 두 사람 다. 하지만 이건 한동안 혼자 고민해 볼게."

그렇게 전하자 두 사람은 서로를 마주 보았지만, 내가 한 말에 금세 수긍해 주었다.

그리고 나도 기분을 전환해 두 사람과의 시간을 즐겼고, 아이나가 제안한 노래방에 가서 시간을 보냈다.

"아리사는 꽤…… 독창적이구나."

"말하지 마! 노래만은 못해, 난……!"

노래방에 온 뒤에도 아리사가 묘하게 노래 부르기에 소극적이었는데, 실제로 노래를 들어보니 정말이지 굉장한 가창력이었다.

그 예쁜 목소리에서 설마 저렇게 음정이 어긋난 노랫소리가 나올 거라고는 생각하지 못한 나는 입을 떡 벌리고 말았다.

"언니는 대체로 뭐든지 잘하지만, 노래는 엉망이거든. 그렇지?"

"네가 너무 잘하는 거야! 하야토 군도 은근히 높은 점수였고!"

"나도 잘하지는 않아. 친구들이랑 애니송을 자주 불러대서 익숙해진 것뿐이야."

아아, 그렇지. 참고로 아이나는 굉장히 노래를 잘해서, 나와 아리사가 눈을 감고 감상에 젖을 정도였다.

"다음에 또 오자 ♪"

"나는 됐어⋯⋯. 와도 노래 안 해. 두 사람이 노래하는 걸 조용히 듣기만 할래."

"그러면 전혀 즐겁지 않잖아."

뭐랄까, 두 사람에게서 의외의 일면을 본 기분이었다.

아리사는 뭐든 잘하는 만능이라고 생각했는데, 그녀에게도 약점이 있었다.

'그런 점도 귀여운 매력이라고 할 수 있겠지.'

그녀들을 알아 가면 알아 갈수록, 그 매력을 깨닫고 빠져들게 된다. 남자들이 그녀들에게 고백하려 드는 마음을 이해할 수 있을 것 같았다.

"자, 이제 어디 갈래?"

"하야토 군은 어디 가고 싶은 곳 없어?"

"으음~, 글쎄."

일단 걸으면서 생각하기 위해 우리는 다리를 움직였다.

그리고 그때, 나는 눈앞에서 울고 있는 초등학생 정도의 남자아이를 발견했다.

"저건……."

그 아이는 울면서 주위를 두리번거리고 있었고, 나는 순식간에 길을 잃었다는 사실을 알았다.

"두 사람 다 미안해, 잠깐 다녀올게."

나는 두 사람의 대답을 기다리지 않고 남자아이에게 다가갔다.

"왜 그래? 아빠랑 엄마랑 헤어졌어?"

"어? ……흑…… 흐어어어엉!"

아무래도 정답이었나 보다.

전혀 모르는 사람이 말을 걸어와 경계할지도 모른다고 생각했는데, 의외로 남자아이는 내게서 도망치려 하지 않았다. 나는 아이의 머리를 부드럽게 쓰다듬어 주었다.

"옳지, 착하네. ……길을 잃은 거지?"

"응…… 아빠랑 엄마랑 멀리 왔어. 그런데…… 그런데……!"

"아~ 그렇게 된 거구나. 알았어, 알았어. 그러면 나랑 같이 찾아볼까?"

"어? 정말?"

"그럼."

어린아이를 진정시키기 위해서는 미소가 제일. 나는 어쨌든 아이를 안심시키기 위해서 미소를 지어야겠다고 생각했다.

"하야토 군…… 어라, 미아?"

"아~, 눈이 새빨개졌네. 그리고 콧물도 엄청나게 나왔어. 자, 흥 해."

나를 쫓아 두 사람도 다가왔다.

아이나가 티슈로 남자아이의 콧물을 깨끗이 닦아냈다. 아이를 갖고 싶다고 했었는데, 확실히 아이를 대하는 게 능숙해 보였다.

"고마워, 누나."

"응, 응. 천만에♪"

그리고 남자아이가 진정되기를 기다린 후, 곧바로 그의 부모님을 찾기 위해 우리는 걷기 시작했다.

"자, 목말 태워줄게. 좀 높은 곳에서 찾는 게 낫겠지?"

"어? 괜찮아?"

"그럼, 자."

"응!"

꽤 솔직하고 귀여운 아이였다. 두 자매도 어느새 미소를 짓고 있었다.

조금만 걸어가면 경찰서가 있는데, 혹시나 엇갈리는 것을 방지하기 이렇게 찾아다니며 걷기로 한 것이다.

그리고 아이의 부모님은 의외로 빨리 찾을 수 있었다.

"어디 갔었던 거니?!"

"얼마나 찾았는데!"

"아빠! 엄마!"

아이 엄마는 눈물을 흘리며 남자아이를 끌어안았고, 아빠 쪽도 곤란해하면서도 안도하는 모습이었다.

"다행이네."

"응. 역시 부모와 자식은 이래야지 ♪"

나도 동감이다.

그 후, 남자아이와 부모가 진정된 타이밍을 노린 것처럼 아이의 배가 귀엽게 꼬르륵 울렸다.

"어머나."

"엄마, 나 배고파……."

"알았어. 여보, 잠깐만."

그렇게 말하며 엄마가 남자아이를 데려갔고, 남은 것은 우리와 아이 아빠뿐이었다.

하지만 거기서 나도 남자아이의 부모님이 발견된 것에 안심한 덕분인지 화장실에 가고 싶어졌다.

"화장실 좀 다녀와도 될까?"

"좋아."

"다녀와."

잠시 기다리게 할 것 같아서, 나는 서둘러 볼일을 보고 돌아가기 위해 빠른 걸음으로 근처 화장실로 향했다.

"언니. 정말 금방 찾아서 다행이지?"

"응."

노래방을 나온 직후 우리는 길 잃은 남자아이를 발견했다.

울고 있는 아이를 도와주자고 생각한 건 우리 모두 마찬가지였겠지만, 하야토 군은 누구보다 먼저 움직였다.

역시 그는 상냥한 사람이구나, 그 등을 보고 나는 그렇게 생각했다.

"그나저나 정말 예쁜 아가씨들이구나. 오늘은 정말 덕분에 살았다."

"별 말씀을요."

남자의 말에 우리는 짧게 대답했다.

이럴 때조차 남성을 어려워하는 구석이 튀어나오고 만다. 그나마 상대가 아이가 있는 아빠라서 다소 견딜만했다.

'그러고 보면 나랑 아이나도 어렸을 때 미아가 된 적이 있었지.'

그때의 우리도 아까의 남자아이처럼 펑펑 울면서 거리를 걷고 있었다.

방금까지 함께 있었던 부모님과 떨어져, 아이나와 손을 잡고 어떻게든 둘 만큼은 떨어지지 않기 위해 필사적이었다.

그런 우리를 아빠와 엄마가 발견하고…… 그리고——.

"그래도 다행이에요. 빨리 찾아서 저희도 안심했어요."

아이나의 말에 남자는 미소를 지었다.

그래, 아빠란 이런 존재다. 나는 약간 외로움을 느끼면서도, 눈앞의 행복한 가족들의 광경에 절로 미소가 지어졌다.

"그런데…… 정말 두 사람 다 예쁘네. 게다가……."

거기서 나는 위화감…… 아니, 남성의 말에서 불쾌한 기운을 느꼈다.

조금 전까지의 분위기는 가라앉고 나와 아이나…… 특히 아이나를 보는 시선에 불순한 의도가 섞여 있었다.

아이나도 그것을 알아차렸는지 한 발짝 물러서서 남성으로부터 거리를 벌렸다.

남자는 그걸 눈치채지도 못한 채 우리 존재에 넋이 나간 얼굴로 이런 말까지 꺼냈다.

"요즘 아이 때문에 아내가 상대를 거의 안 해주거든. 너희들 혹시 돈 필요 없니? 이래 봬도 꽤 잘 벌고 있단다. 괜찮다면 전화번호를——."

이 사람이 대체 무슨 말을 하는 거지?

조금 전까지 아빠의 얼굴을 하고 있었으면서, 가족이 있으면서 이런 제안을 한다니. 나는 경악했다.

'이 눈은…….'

남자의 눈이 그날의…… 우리에게 최악의 하루를 선사했던 그 강도의 눈과 같았다.

갑자기 떠오른 그 생각에 몸이 떨렸지만, 그보다 더 크게 다가온 것은 엄청난 절망감이었다.

아이를 가진 아빠조차도 결국은 우리가 싫어했던 남자일 뿐이고, 아이가 소중하다고 말하면서도 결국은 현실은 이렇다.

'그래. 결국 남자들은 다──.'

아니야, 그건 아니라며 또 다른 내가 속삭인다.

난 이미 알고 있잖아. 남자가 이런 자들만 있는 것이 아니라는 걸. 우리를 지켜주는…… 정말 좋아하게 된 남자가 있어.

'하야토 군…….'

하야토 군, 그렇게 그의 이름을 마음속으로 속삭였기 때문일까.

"미안해. 두 사람 다 기다렸지."

그가, 하야토 군이 돌아왔다.

그는 분명 이 남자가 우리에게 무슨 말을 했는지는 모를 것이다. 그런데도 그는 우리를 감싸주는 듯한 모습으로 남자를 돌아보고 있었다.

"별 사고 없이 부모님을 찾아서 다행이네요. 그러면 저희는 이만 실례하겠습니다. 가자, 두 사람."

"자, 잠깐……!"

남자가 뭔가를 말하려고 했지만, 하야토 군은 우리를 데리고 그대로 걸어갔다.

우리 역시 그런 그를 거역할 마음은 조금도 없었기에 그의 손이 잡아끄는 대로 그 자리를 떠나게 되었다.

그리고 어느 정도 걸어서 인파에서 벗어날 무렵, 근처에 비어 있던 벤치에 앉은 하야토 군이 입을 열었다.

"뭔가 두 사람이 불쾌하고 괴로운 표정을 짓고 있길래, 설마 했는데…… 정말이었나 보네.”

아마 하야토 군도 설마 하는 마음이었겠지.

“……에헤헤♪ 하야토 군은 정말 우리를 잘 봐주고 있구나.”

기쁘다는 듯 아이나가 그렇게 중얼거렸고 나도 동의하며 고개를 끄덕였다.

그렇게나 신경을 쓰게 했는데 무슨 일이 있었는지 말하지 않을 수도 없었기에, 나와 아이나는 그 남자에게 무슨 말을 들었는지 모두 이야기했다.

자식이 있는 남자가 설마 그런 말을 할 줄은 몰랐는지, 하야토 군은 적잖이 충격을 받은 얼굴이었다. 우리도 충격이었다.

“결국 남자는 똑같다고 생각했어. 물론 하야토 군은 다르지만!”

“응, 응♪ 하야토 군에 대해서는 잘 알고 있는걸!”

“…….”

하야토 군은 다른 남자들과 확실히 다르다.

“으음, 그렇게 말해줘서 기뻐. 고마워, 두 사람 다.”

나와 아이나는 웃는 얼굴로 고개를 끄덕였다. 하지만 하야토 군은 계속 말을 이어갔다.

“나도 설마 그럴 줄은 몰라서 놀랐지만, 아마 세상에는 그런 남자도 많겠지. 두 사람은 미인이니까 그런 시선을 받는 일도…… 자주 있을 거고.”

하야토 군은 생각이 잘 정리되지 않는 것인지 말을 띄엄띄엄 이어가면서도 똑바로 우리의 눈을 바라보았다.

"하지만, 이 세상에 너희들을 음흉한 눈으로 보는 남자만 있는 건 아니야. 애초에 나조차도…… 두 사람을 좀 그렇게 볼 때가 있어. 두 사람 다 미인이고…… 그, 아무렇지도 않은 행동도 두근거리니까…… 음, 메이드라든가 목욕에 관한 일도 그렇고."

그 일은 반대로 두근거리지 않으면 곤란했고, 애초에 그것을 노린 것이었다.

그러니까 거기서 만약에 그런 눈으로 보지 않았다는 소릴 들었다면 반대로 우리가 자신감을 잃어버렸을 것이다.

"하지만 남자는…… 난 두 사람에게 아까와 같은 기분을 안겨 주진 않아. 어떤 순간에도 두 사람을 배려해 주는 남자로 있고 싶어…… 그러니까 내 말은, 세상에는 두 사람을 불안하게 만드는 남자만 있는 게 아니야."

"하야토 군……."

"……후후."

아까도 말했지만, 하야토 군은 하고 싶은 말이 잘 정리되지 않는 모습이었다.

그럼에도 우리에게 전하고 싶은 말을 필사적으로 전해 주었다. 이렇게 말하면 싫어할지도 모르겠지만, 필사적으로 말을 전하려고 애쓰는 모습은 귀여웠고, 역시 하야토 군은 이런 사람이라는 걸 다시금 느꼈다.

'하지만 설사 하야토 군이 어떤 모습을 보여준다고 해도, 이제 그에게 품는 이 감정이 사라지진 않겠지. 나 역시 이 사람을 좋아

하게 돼서 다행이야.'

지금의 나는 어떤 눈으로 하야토 군을 바라보고 있을까.

문득 옆을 보니 아이나도 뺨을 붉힌 채 하야토 군을 바라보고 있었다. 분명 지금의 말에 임신해 버릴 것 같다고 생각하고 있겠지.

'아이나가 그렇다면…… 난 역시 이 사람에게 굴복하고 싶어. 내가 가진 모든 것을 바쳐서 예속되고 싶어……. 아아, 당신이라면 아무리 심한 말을 들어도 보상일 뿐인데. 분명 하야토 군은 연기라 해도 내키지 않는 얼굴로 말하겠지.'

그런 광경을 쉽게 상상할 수 있었다.

그렇지만 이 정도의 마음이 있기 때문에 나도 아이나도 더더욱 그를 놓치고 싶지 않았다. 수단과 방법을 가리지 않는다는 말은 좀 지나칠지도 모르지만, 어떻게든 그와 이어지고 싶었다.

그러니까 반드시—— 우리는 그를 사랑하고, 사랑받고 싶다!

"저기 하야토 군, 괜찮다면 오늘은 우리 집에서 저녁 먹고 가지 않을래?"

"어?"

"그래. 좀 더 너랑 있고 싶어……. 안 될까?"

"으……."

좀 영악하다고 생각하면서도 고개를 갸웃하며 그에게 물었다.

하야토 군은 잠시 생각하더니, 우리와 함께 있고 싶은 마음은 같다며 고개를 끄덕여 주는 것이었다.

▶ ▷

“어서 와요, 하야토 군.”

“실례합니다.”

두 사람의 제안에 고개를 끄덕인 나는 신조가를 방문했다.

그리고 저녁을 먹고 가라는 사키나 씨의 간청에 나는 고개를 끄덕일 수밖에 없었다.

“하야토 군.”

“네?”

아리사와 아이나는 사이좋게 둘이 샤워하러 가고, 사키나 씨와 주방에서 단둘이 남았을 때.

혼자 아무것도 하지 않고 있기에는 좀 불편했기에 사키나 씨 옆에 서서 요리를 돕고 있는데, 사키나 씨가 나를 바라보며 말을 걸어왔다.

“무슨 고민이 있지 않나요?”

“예……?”

의문형으로 된 질문이었지만, 사키나 씨는 확신하는 눈치였다.

“……알아보시겠나요?”

“알죠. 그리고 그건 아마 딸들에 관한 거겠고요?”

어떻게 그런 것까지 알 수 있을까 싶어 나는 경악했다.

요리하던 손을 멈추고 사키나 씨는 부드럽게 내 손을 잡아 소파까지 이끌었다. 그대로 나를 앉히고 그녀도 옆에 앉았다.

“이 상황에서 이야기해 보세요, 라고 말하는 건 조금 짓궂을
까요?”

“……아니요, 그렇지 않아요.”

나의 고민을 깨달았다면, 사키나 씨는 어쩌면 그 내용이 무엇
인지도 알고 있을지도 모른다.

하지만 나는 모든 것을 포용할 것만 같은 그녀의 분위기에 감
화되어 전부를 솔직히 털어놓았다.

“실은…….”

두 사람에게 끌리고 있고, 두 사람의 온기와 그 마음을 놓고 싶
지 않다고 생각해 버렸다는 것.

그것이 잘못됐다는 것도 알고 있지만, 그렇다고 해서 이 세상
이 정해놓은 상식을 따르고 싶진 않다는 것을…… 그 둘이 정말
너무 좋아서, 계속 두 사람과 함께 앞으로도 걸어가고 싶다는 것
을 모두 전했다.

“그렇군요, 하야토 군은 정말로 딸들을 소중하게 여기고 있
네요.”

“지조 없다는 생각은 안 하시나요?”

“생각 안 해요. 오히려 기쁜걸요?”

“네?”

그건 무슨 뜻일까?

사키나 씨는 상냥한 눈빛으로 나를 바라보더니 두 손을 내 볼
에 감싸왔다.

"저에게 있어 그 아이들은 무엇보다 소중한 보물이자 정말 아끼는 딸들이에요. 그런 아이들을 하야토 군이 그렇게나 진지하게 좋아하고 있는데, 당연히 기쁘지 않을 리가 없잖아요."

"……."

"그 충격적인 만남도 영향이 컸겠죠. 그 아이들의 마음에 하야토 군이라는 존재가 강하게 새겨진 사건이었으니까요. 물론 저도 그랬고요."

그리고 한층 강하게 사키나 씨에게 이끌린 나는 그녀의 너무나도 풍만한 가슴팍에 얼굴을 파묻게 되었다.

당연하지만 놀라움과 부끄러움에 벗어나려 했는데, 의외로 사키나 씨의 힘이 강해 빠져나가지 못했다.

"저는 하야토 군의 등을 밀어주는 것밖엔 할 수 없지만, 부디 그 아이들을 잘 지켜봐 줬으면 해요. 하야토 군이기 때문에, 저도 엄마로서 진심으로 안심할 수 있으니까요."

"사키나 씨……."

신기하다…… 아까까지 계속 고민하던 것인데, 마치 툭 하고 가볍게 등을 떠밀리며 나아가야 할 길이 보인 것 같았다.

"안색이 좋아졌네요. 분명 저와 이렇게 의논하지 않았어도 하야토 군은 스스로 앞으로 나아갔을 거예요."

"그렇지 않아요. 저는……."

지금부터 전하려는 말은 조금 부끄러운 것이었기 때문에 나는 무심코 얼굴을 붉히며 아래를 향하고 말았다.

“무슨 일인가요?”

“…….”

아니, 딱히 말해도 상관없으려나. 나는 마음을 고쳐먹었다.

“그…… 사키나 씨의 분위기랄까, 다정한 모습에 엄마가 떠올라서, 그래서 무심코 사키나 씨가 엄마 같다는 생각을 해 버렸어요.”

아하하 웃으면서 전하자, 사기나 씨가 눈을 동그랗게 뜬 채 굳었다. 그러고는 갑자기 몸을 부르르 떨더니 크게 팔을 벌리고는 와락 나를 끌어안았다.

“으븝?!”

있는 힘껏 나를 품에 안은 탓에 아까와 마찬가지로 무서울 정도로 부드러운 것이 안면을 짓눌렀다.

“엄마…… 엄마! 좋아요, 하야토 군! 저를 엄마라고 불러도! 아니, 불러주세요. 자, 어서!”

“저, 저기……!”

등을 톡톡 두드리자, 흥분한 기색의 사키나 씨는 금방 평정을 되찾고 떨어져 주었다. 조금 전 일은 잊어 달라는 듯 얼굴이 새빨갰다.

“죄송해요. 저도 모르게 기뻐서 모성 폭주가 일어나 버렸네요.”

모성 폭주라니, 처음 들어보는 말인데…….

사키나 씨가 평정을 되찾고 떨어졌을 때, 나는 딱 한 가지 더 사키나 씨에게 전해두고 싶은 것이 있었다.

“사키나 씨, 실은 한 가지 더 물어보고 싶은 것이 있어요.”

"좋아요. 뭐든 말해 주세요—— 엄마니까요!"

"아, 네……."

가슴 앞에서 주먹을 그러모은 사키나 씨에게 조금 어색함을 느끼면서도 나는 이야기를 시작했다.

"그…… 오늘 있었던 일로 돌아가는데요."

"네."

"거기서 제가 두 사람에게 세상의 남자는 두 사람을 슬프게 하는 존재만 있는 게 아니다, 제대로 두 사람을 봐주는 남자도 있다고 전했거든요. 적어도 나는 그렇지 않다, 나는 두 사람에게 그런 기분은 들게 하지 않겠다고 말했는데……. 그, 사실 좀 억지로 마음을 강요한 게 아닐지 싶어서요."

그때 두 사람은 나라서 괜찮다며 웃어줬는데, 거기서 문득 생각했다.

그런 내 말을 들은 사키나 씨는 정말 아무렇지도 않은 모습으로 이렇게 말했다.

"아마 밀어붙인 건 아닐걸요? 애초에 아리사와 아이나는 뭐든 말하는 대로 받아들이는 아이들이 아니거든요. 그 아이들이 웃는 얼굴로 하야토 군의 말을 받아들였다면, 그게 바로 그 아이들의 진심이랍니다. 그러니 괜찮아요. 하야토 군의 말은 제대로 전달되었을 거예요."

"그런가요?"

뭘까, 본인들한테 그렇다고 확인한 것도 아닌데, 무척 안심되었다.

한숨을 푹 내쉰 후, 문득 사키나 씨와 입이 닿을 정도로 거리가 가깝다는 것을 깨닫고 곧바로 몸을 뗐다.

사키나 씨도 그 사실을 알아차렸는지 순식간에 뺨이 붉게 물들었다.

그 모습을 보자, 성인 여성에게 품을 만한 생각은 아닐지도 모르겠지만, 정말 사랑스러운 사람이라는 생각이 들었다.

그런 대화를 나누고 있는데, 그때야 아리사와 아이나가 목욕을 마치고 이곳으로 돌아왔다.

나와 사키나 씨의 모습을 눈치 빠르게 알아차린 두 사람은 무슨 일이냐며, 목욕 후의 색기가 느껴지는 모습으로 다가왔다.

"다녀왔어~. ……잠깐, 뭐 하는 거야?"

"엄마 얼굴 빨개졌는데?"

"아무것도 아니야! 자, 그러면 저녁을 이어서 만들어볼까!"

허둥지둥 주방으로 돌아간 사키나 씨와 교대하듯 아리사와 아이나가 옆에 앉았다.

바싹 붙어 앉은 탓에 목욕 후의 좋은 향기가 비강에 닿아 기분이 묘했다.

'……두 사람 다 엄청 섹시하네. 알고 있었지만.'

머리는 다 말라 있었지만, 평소에는 결코 볼 수 없었던 잠옷 차림이 신선하면서도 색기 있었다.

두 사람 다 앞으로 단추를 잠그는 타입의 잠옷인데, 몸매가 너무 좋아서인지 그 큰 풍만함이 다소 갑갑한 모양새로 잠옷 안쪽에 갇혀 있었다. 그것만으로도 충분히 눈에 해로워 나는 시선을 돌리고 말았다.

"아리사, 아이나. 뒤를 부탁할 수 있을까? 나도 목욕 먼저 끝내고 올게."

"알았어."

"네~."

사키나 씨가 거실에서 나가고 옆에 있던 두 사람이 주방에 섰다.

이 이상 두근거림이 계속되면 어떻게 될지 알 수 없었기에 나로서는 다행이었지만, 상황이 이렇게 되자 도와주고 싶다는 마음이 들어 몸을 일으켰다.

"하야토 군은 편하게 있어."

"그래, 손님이잖아."

"아, 응."

지금부터는 우리가 나설 차례다. 그녀들의 눈이 그렇게 말하고 있었기에 나는 순순히 소파에 앉았다.

그리고 이러지도 저러지도 못한 채 시간은 흘러 사키나 씨가 돌아왔다.

역시 두 사람의 부모님이구나 하는 생각이 들 정도로, 목욕을 마친 사키나 씨는…… 이렇게 말하면 실례지만 두 사람에 비할 바 없는 요염함을 갖추고 있었다.

"하야토 군, 다 됐어."

"와서 먹어!"

"반찬이 좀 늘어나 버렸는데 부담 갖지 말고 먹어."

"오오……!"

네 명이 둘러앉은 테이블 위에는 많은 음식이 가득 차려져 있었다.

"이런 요리 풍경은 오랜만이네…….”

이러면 안 되지. 이래서는 이전에 카레를 먹었을 때와 똑같아지고 만다.

분위기를 바꾸기 위해 헛기침을 한 번 한 후, 나는 그녀들이 해준 요리에 손을 가져갔다. 그리고 정신을 차려보니 배가 부를 정도로 젓가락이 쉴 새 없이 움직이고 있었다.

"……맛있어, 정말 맛있어."

"고마워. 그렇게 말해주니까 기쁘다.”

"에헤헤, 성공이네♪"

"후후."

그 후 나는 설거지 정도는 하게 해달라고 부탁했다.

아리사와 아이나는 이번에도 거절했지만, 나는 이번만큼은 고집을 부려서 설거지라는 일을 쟁취할 수 있었다.

"……좋네, 오랜만에 집이 떠들썩해졌구나."

그런 우리들을 사키나 씨는 계속 생글생글 웃으며 지켜보셨고, 그렇게 생각해 주는 것 역시 나로서는 무척 기뻤다.

저녁도 다 먹고 오늘 일에 관한 감사는 전했다. 그러나 나에게는 아직 아리사와 아이나에게 할 이야기가 남아있다.

"하야토 군, 힘내세요."

"네."

내 어깨에 손을 얹은 사키나 씨가 그렇게 말하며 톡 하고 나를 밀어주었다.

우리의 그런 모습에 두 사람은 고개를 갸우뚱했다. 나는 그녀들에게 조금만 더 시간을 달라고 부탁했고, 이어서 아리사의 방을 방문했다.

"내 방에 하야토 군이 있다니. 기분이 이상해."

"내 방이어도 괜찮았는데."

참고로 어느 방으로 가는지 정하기 위해 장렬한 가위바위보 대결이 펼쳐졌다.

아리사의 방은 깔끔하게 정리되어 있었다. 여자라면 가지고 있을 법한 인형 같은 종류는 일절 놓여 있지 않고, 가구 같은 것도 모두 흰색으로 통일되어 있어 청결감이 느껴지는, 어쩐지 아리사의 분위기와 잘 어울리는 방이었다.

"일단 방석을 먼저…… 자, 하야토 군."

"고마워."

우리는 바닥에 놓인 둥근 테이블을 둘러싸고 자리에 앉았다. 두 사람은 마치 어떤 이야기를 하는지 알고 있다는 듯 나를 바라보는 형태로 마주 앉았다.

"아리사, 아이나도 고마워. 밤인데도 이렇게 시간을 내주고, 내

고집도 들어줘서.”

“그렇지 않아. 오히려 하야토 군이랑 좀 더 같이 있을 수 있는 거잖아? 이보다 더 기쁜 일은 없어.”

“언니 말이 맞아. 원래라면 묵고 갔으면 할 정도인걸. 여기라면 우리가 있으니까. 곁에 있을게.”

정말 못 당하겠구나, 하고 나는 쓴웃음을 지었다.

그녀들에게서 돌아오는 모든 말이 내 마음을 감쌌고, 그녀들의 상냥함과 온기에 모든 것을 던져버리라고 말한다.

‘……목소리나 분위기에 무슨 마력이라도 담겨 있는 게 아닐까.’

이런 생각이 들 정도로 그녀들의 존재는 마약에 가까운 무언가를 감추고 있었다.

하지만 그에 대해 누구보다 편안함을 느끼고 있었다. 그렇기에 난 그녀들과 대화하기 위한 시간을 부탁한 것이다.

“나는——.”

내가 바로 입을 떼려는데, 아리사가 잠깐 기다리라면서 끼어들었다.

아리사는 아이나와 함께 고개를 끄덕이며 먼저 우리의 이야기를 들어달라는 말과 함께 이렇게 말을 이었다.

“하야토 군을 좋아해. 앞으로도 평생 널 지탱해 주고 싶어.”

“나도 하야토 군을 좋아해. 하야토 군의 아이를 낳고 싶을 정도로 좋아해.”

“웃…….”

좋아한다는 말을 전해 듣고 심장이 크게 뛰었다.

물론 그 뒤에 이어 나온 아이나의 '아이를 낳고 싶다'는 발언에 모든 것이 휩쓸릴 것 같은 기분이 들었지만, 어쨌든 그 진심은 전해졌다.

그리고 내가 말할 새도 없이 다음 말이 이어졌다.

"우선은 대전제로 나는 하야토 군을 좋아해. 더는 손쓸 수 없을 정도로, 널 지탱하는 게 삶의 목적이라고 생각할 정도로는 널 사랑해. 네가 더는 필요 없다고 말한다면 조용히 죽을지도 몰라, 그 정도로 사랑하고 있어."

"나도 다시 한번 말하지만, 하야토 군을 좋아해. 나의 모든 것을 바치고 싶어, 하야토 군의 아이를 낳아 행복한 가정을 꾸리고 싶어, 어쨌든 하야토 군에게 사랑받고 싶어…… 계속 그렇게 생각할 정도로 하야토 군이 정말 좋아."

두 사람의 말에는 강한 마음이 담겨 있었다.

다만 나에게는 향하는 말 하나하나의 임팩트가 너무나도 강렬했던 탓에, 조금 멍해지고 말았다.

그런 나를 보고 두 사람은 쓴웃음을 지으며 몸을 일으키더니, 나를 사이에 두고 몸을 기대왔다.

그리고 아리사가 먼저 내 손을 잡고 말을 이었다.

"그때 모든 걸 포기한 우리 앞에 네가 나타났어. 어쩌면 그 사건이 우리를 묶고 있다고 생각하는 거 아니야?"

"……."

정곡이었다.

"솔직히 말하면 그것도 틀린 말은 아닐지도 몰라. 나도 아이나도 엄마도, 그때 있었던 일이 뇌리에 박혀 떠나질 않아. 우릴 구해준 너에게 멈출 수 없는 강한 사랑을 하게 됐으니까."

아리사의 말을 잇듯 아이나도 입을 열었다.

"맞아. 그때부터 우리는 하야토 군을 사랑했고, 어쩔 수 없이 하야토 군을 원하게 됐어. 하야토 군을 원해, 하야토 군에게 사랑받고 싶어……. 하야토 군의 아이를 갖고 싶어, 그런 생각에 얼마나 애달팠는걸."

"그러니까 왜 아이나의 말은 그렇게 강렬한 거야?!"

"에이, 평범해♪"

평범…… 평범? 아니, 그럴 리가 없잖아!

정말이지 아이나의 말 한마디 한마디가 마음을 어지럽혔지만, 반대로 지금은 그녀의 평범하지 않은 말들이 나를 편안하게 해주고 있었다.

'……아리사의 지탱해 주고 싶다는 말, 아이나의 아이를 낳고 싶다는 말…… 그게 설마 이렇게 이어질 줄이야. 처음 들었을 당시에는 전혀 생각도 못 했는데.'

넌 언제나 갑작스러웠다며 쓴웃음을 지은 아리사가 더욱 강하게 내 손을 잡았다.

"하야토 군이 전에 여기 왔을 때 가족 이야기를 해줬잖아? 우리를 도와준 구세주인 네가 실은 마음에 깊은 슬픔을 안고 있다는 걸 알았어. 그래서 우리가 그 슬픔을 채우고, 동시에 너를 향한 우리의 사랑에 모든 걸 의지해 줬으면 좋겠다고 생각했어."

"그렇게 되면 하야토 군은 절대로 우리 곁을 떠나지 않을 거라고, 오히려 우리를 진심으로 원해줄 거라는 확신이 들었어. 어때? 하야토 군도 우리와 떨어지고 싶지 않아진 거 아냐?"

"……아아."

나는 두 사람의 말에 고개를 끄덕였다.

우리의 만남은 절대 평범하지 않았지만, 그렇기 때문에 이런 상황이 될 수 있었다고 나는 생각했다.

그녀들의 분위기, 그녀들의 따뜻함에서 나는 떨어지고 싶지 않았다.

그녀들이 향해오는 모든 것에 빠지고 싶어졌다.

"나는…… 혼자 있고 싶지 않아."

"그래, 알아."

"응, 알아."

두 사람이 나를 감싸주듯 껴안았다.

따뜻하다…… 따뜻해서 계속 있고 싶다. 마치 사랑이라는 이름의 늪 같았지만, 다리뿐만 아니라 허리까지도, 목까지도, 모두 빠져도 상관없다는 생각마저 들었다.

"……아니, 그래선 안 돼."

"응?"

"하야토 군?"

그래, 그래서는 안 된다.

내가 그녀들을 도와준 것이 시작이었다고 해도, 그녀들에게 주어지는 것만 받아서는 안 된다.

그런 관계는 대등하지 않아, 그래서 나는 이렇게 말을 이었다.

"계속 받기만 하는 건 안 돼. 두 사람이 날 위해서만 애쓰는 건 내가 못 견디겠어. 그래서 나도 두 사람에게 뭔가를 주고 싶고, 뭔가를 해주고 싶어."

분명 두 사람은 그럴 필요가 없다고 말할 것이다.

하지만 몇 번이나 말하지만 그래서는 안 된다. 설령 두 사람이 나를 사랑이라는 이름의 늪에 빠뜨리려 해도, 그저 내가 곁에 있기만을 바란다 해도!

"밖에서 아리사와 아이나에게 말했듯이 나는 절대 너희를 슬프게 하지 않을 거야. 두 사람이 나를 좋아한다고 말한 걸 후회하지 않도록 나도 두 사람에게 의지할 수 있는 훌륭한 남자가 될 테니까."

"……?!"

"……아아♪"

꽈악, 하고 그녀들의 어깨에 손을 얹었다. 물론 힘 조절은 했다.

두 사람의 눈동자가, 시선이 나에게 마지막 말을 할 힘을 줬다.

"나도 두 사람을 지탱해 주고 싶어, 두 사람을 지켜주고 싶어…… 받는 것만으로는 안 돼. 오히려 그렇기 때문에 나도 내가 할 수 있는 범위에서 너희들을 아껴주고 싶어."

그러니까 나는 너희들을——.

"좋아해. 아리사, 아이나——."

"하야토 군!"

"하야토 구운~!"

"어?! 으악?!"

고백의 달성감을 느낄 새도 없이 두 사람이 내게 뛰어들었고, 나는 가까스로 두 사람의 체중을 받쳐냈다.

두 사람에게 안긴 나는 그들이 주는 부드러움과 따뜻함에 마치 꿈 같은 한때라고 생각하면서도, 마지막으로 이 말을 전했다.

"……계속 곁에 있어 줬으면 좋겠어…… 떨어지지 않았으면 좋겠어."

"그래, 계속 옆에 있을게."

"응, 계속 곁에 있을 거야."

"그리고 나도 너희를 지탱해 나갈 거야. 사랑해—— 아리사, 아이나."

"……이거, 어쩌지."

"응…… 아래쪽이 찌잉 울려♪"

그리고 더 세게 껴안았다.

아마도 난 더 이상 이 온기에서 벗어날 수 없겠지.

떨어지고 싶지 않아서 무의식적으로 계속 이 온기에 손을 뻗었다. 그렇게 나는 그녀들을 잡았고, 동시에 잡혔다.

'이 감각, 행복하네.'

완전히 빠져버렸다.

다시는 벗어날 수 없을 만큼 깊은 그녀들의 사랑에, 나는 빠지는 것을 선택했다.

"……저기, 하야토 군."

"응?"

"나랑 아이나는 자각하고 있었어. 이 호감에 평범한 감정과는 다른, 조금은 어두운 부분이 있다는 걸."

"뭐랄까…… 병적일 정도로 사랑하게 돼 버렸어, 하야토 군을. 그러니까."

양 뺨에 쪽 소리가 나는 키스를 받았고, 두 사람은 나를 바라보며 함박웃음을 짓는 것이었다.

"앞으로 너에게 잔뜩 봉사할게♪"

"앞으로 아이를 잔뜩 낳자!"

"응! ……응?"

잠깐만, 무조건 긍정하는 마음으로 고개를 끄덕여 버렸는데, 역시 그건 위험하지 않을까?

"저기, 아이나의 소원은 이해하지만, 아직 고등학생이니까 조금만 참아줘……."

"뭐어~? 말도 안 돼!"

뭔가 좀 위험한 이야기도 오갔지만, 나는 마지막으로 가장 중요한 것을 확인하고 싶은 마음에 이렇게 물었다.

"근데…… 결국 나는 두 사람 모두를 선택한 건데, 두 사람은 그래도 괜찮아?"

"어? 그러면 안 돼?"

"무슨 문제가 있나……?"

아무래도 불안해 할 것은 아무것도 없어 보였다.

하늘에 계신 아빠, 엄마.

저는 오늘 인생에서 두 명의 여자친구가 생겼습니다.

그날 밤, 아리사와 아이나는 베란다에서 하늘을 올려다보고 있었다.

강도의 습격 사건을 계기로 만난 남자아이. 그때의 구세주가 하야토인 건 알았지만, 마음이 통하고 맺어진 것이 조금 전의 일……. 이미 그는 집에 돌아가 버렸지만, 흥분되는 마음으로 인해 쉽게 잠을 이룰 수 없었다.

"아이나, 이제 비로소 나는 하야토 군에게 봉사할 수 있게 됐어."

"그렇지. 그리고 나도…… 흐헷♪"

뺨에 손을 얹고 뜨거운 한숨을 내쉬는 아리사, 반면 아이나는 하야토와의 일을 상상하며 다른 사람에게는 절대 보여줄 수 없는 얼굴을 하고 있었다.

그런 아이나도 아리사에 대해 신경 쓰이는 부분이 있는 듯했다.

"언니도 하야토 군에게 모든 걸 바치고 싶은 마음은 알겠지만,

노예가 되고 싶다거나 그런 건 마음속으로만 간직해 줘."

"알아. 역시 본인에게 그런 말을 할 수는 없겠지. 하지만……."

"응?"

"너의 노예가 되고 싶어, 그건 정말 멋진 말 같지 않아?"

"……그런가?"

"아이나가 말한 아이를 낳고 싶다는 말과 같은 거야."

"에엥?"

서로 하야토를 향한 마음은 강하지만, 원하는 것은 비슷한 듯 달랐다.

아리사는 어쨌든 하야토에게 예속되고 싶었고, 아이나는 아이를 낳고 싶었다.

그것은 각각의 사랑이 이뤄진 형태이긴 하지만, 그나마 다행인 것은 그 사랑의 무게를 그녀들도 이해하고 있다는 점이었다.

"하지만 무거운 사랑이라도 생각하기 나름이지. 우리는 딱히 하야토 군을 속박하고 싶지도 않고, 그저 있는 그대로 우리의 사랑을 받아들여 주길 바랄 뿐이니까."

"맞아. 이건 단순히 출발선에 선 것뿐이야……. 우리를 선택한 걸 후회하지 않도록 확실하게 그를 지탱해 주자."

"응!"

아리사의 말에 아이나가 고개를 끄덕였다. 그 타이밍을 노린 것처럼 바람이 불어왔다.

그녀들의 머리카락을 날리게 할 정도의 바람이었는데, 이미 12

월이라 밤은 제법 쌀쌀했다.

"춥다! 언니 방 갈래!"

"어째서…… 뭐, 좋아. 들어와."

허락도 하기 전에 그녀는 아리사의 방으로 뛰어들었지만, 그 부분조차 아리사에게는 하야토를 좋아하는 귀여운 여동생으로밖에 보이지 않았다.

언젠가처럼 침대에 나란히 걸터앉자, 아이나가 떠올랐다는 듯 부드럽게 미소 지으며 입을 열었다.

"하지만 설마 하야토 군에게 그런 말을 들을 줄은 몰랐어."

"그러게. 생각만으로도 두근거려."

받기만 해서는 안 된다고, 그렇게 말하고 자신의 결의를 말로 전한 하야토에게 두 사람의 마음은 완전히 사로잡히고 말았다.

그리고 그 말도 무척 기뻤지만, 그와 동시에 밖에서 보여준 그의 행동 또한 그녀들의 뇌리에 깊이 박혀 있었다.

"그 아이 아빠에게는 실망했고, 역시나 하는 마음도 있었어. 하지만 같은 남자라고 해서 하야토 군을 싫어하지는 않는데…… 그런데도 필사적으로 말을 전하려고 한 것도 기뻤어."

"그렇지. 사실은 말이야, 살짝 횡설수설하는 하야토 군을 귀엽다고 생각하면서 보고 있었어. 하지만 도중부터 사랑스러움이 폭발할 것 같아서, 한참 하야토 군을 껴안고 싶은 걸 참느라 힘들었어."

말이 잘 정리되지 않은 와중에도 최선을 다해 마음을 전하려 애쓰던 하야토의 모습은 두 사람에게 무척 사랑스럽게 느껴졌다.

아리사가 말한 것처럼 그때 아이 아빠에게는 한없이 실망했지만, 그 일이 있었기 때문에 하야토가 품고 있던 거짓 없는 말과 마음을 끌어낼 수 있었으니 그 만남도 완전히 나쁜 일만은 아니라고 생각했다.

"하야토 군에게도 말했지만, 확실히 우리는 그 일 때문에 하야토 군을 신경 쓰게 됐고 좋아하게 됐어. 하지만 그건 결코 일회성이 아니야. 하야토 군의 다양한 일면들을 알고, 이 마음은 거짓이 아니라는 걸 알았으니까."

"응. 외로운 부분을 보고 그 틈을 채워주고 싶다는 생각이 들었던 것도 맞지만, 하야토 군의 인품에 우리는 진심으로 이끌렸어. 정말로, 좋아하게 돼서 다행이야. 아무것도 잘못되지 않았어♪"

흔들다리 효과와 그 자리의 분위기, 충격적인 경험도 있었으니 결코 평범하다고 할 순 없었다.

그렇지만 품게 된 마음에 거짓은 없었고, 이 마음이 열매를 맺어 하야토와 깊은 관계가 될 수 있었다는 것은 의심할 여지 없는 현실이다.

"아이나, 내일부터 하야토 군을 많이 사랑하자."

"그래, 물론 일방적인 게 아니라 우리도 사랑받을 거야."

"응♪"

"에헤헤♪"

순수하고 사랑스러운 두 사람의 미소는 만인을 매료시킬 정도였다. 하지만 잊지 말아야 할 것은 두 사람 다, 이 아름다운 미소 아래 평범함과는 다른 무거운 마음을 품고 있다는 점이었다.
"하야토 군, 그 어느 때보다 너한테 최선을 다할 거야."
"하야토 군, 앞으로 더 깊이 사랑할 수 있겠다. 그리고…… 꺅♪"
하야토에게는 틀림없이 행복이 기다리고 있을 것이다. 그러나 동시에 그녀들 사이에서 고생하게 될 것도 확실했다.

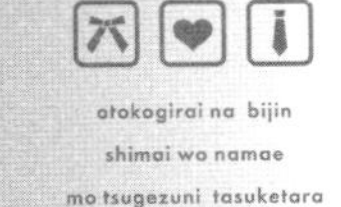

"하야토."

"……어?"

뜻밖의 일이었다.

귀에 익은 목소리가 들렸다고 생각해서 돌아보니, 절대 잊을 수 없는 엄마의 모습이 있었다.

"엄마……?"

"그래. 오랜만이구나, 하야토."

어째서 엄마가 여기에……?

나는 멍하니 생각하다가 이것이 꿈이라는 것을 금방 이해했다. 이해해 버렸다는 표현이 맞으려나.

병으로 돌아가시기 전과 다를 바 없는 그 모습에, 나는 자기 나이도 잊고 달려들었다.

"어머나, 응석받이구나, 하야토는."

"시끄러워…… 멋대로 가버렸으면서."

"……미안해."

아니야, 그런 말을 하고 싶은 게 아니야, 난.

이것이 현실이 아니라 잠시뿐인 재회라고 해도, 오랜만에 엄마를 만났잖아. 이런 원망이 아니라 달리 전할 말이 있을 거 아냐, 하야토!

"아니, 내가 더 미안해, 엄마. 더 하고 싶은 말이 많은데."

“하야토…… 후후, 정말로 훌륭해졌구나.”

“엄마 아빠가 돌아가셨으니까, 할아버지 쪽 도움도 있었지만 계속 혼자 살아왔으니 당연히 훌륭해질 수밖에 없지.”

“그것도 그러네. 응, 역시 넌 강한 아이야.”

난 강하지 않다. 금방이라도 울음을 터뜨리기 직전이었으니까.

나는 필사적으로 눈물을 참아내며 엄마를 바라보고 똑바로 말했다.

“확실히 외롭긴 해. 하지만 즐거운 일도 많아. 친구도 생기고, 할아버지도 아껴주시고…… 게다가――.”

“소중한 사람들이 생겼지?”

“응. 나 스스로 놀라울 만큼…… 지탱해 주고 싶지만 의지하고 싶은, 그런 생각을 품게 된 사람들이 생겼어.”

“좋은 애들이네. 조금 친근감이 느껴지는걸.”

“……응?”

“후후후 ♪”

그건…… 응, 묻지 말자.

오랜만에 찾아온 엄마와의 해후는 의외로 짧았다. 곧 있으면 깨어난다는 것을 나는 느꼈다.

“이제 시간이 다 됐구나.”

“…….”

아직…… 아직 좀 더 대화하고 싶다고 소리치고 싶다.

하지만 그러면 엄마를 곤란하게 만들 테니까, 내가 해야 할 일은 엄마를 안심시키는 거겠지.

"엄마…… 나 열심히 할게. 그러니 안심하고 아빠랑 같이 지켜 봐 줘."

"……하야토. 그래, 알았어."

"애초에 아빠는 왜 없는 거야? 엄마만 보내다니 매정하네."

"그러게. 그 사람은 대체 뭘 하는 건지."

자, 이제 작별이다.

직감이지만 이런 우연이 일으키는 기적은 앞으로도 있을 것이 고, 엄마와의 해후가 이것으로 마지막은 아닐 것이다.

그러니 다시 만날 것을 믿고 지금은 웃는 얼굴로 헤어지자.

"그럼 엄마, 나 갈게."

"그래. 하야토!"

"응?"

"사랑한단다. 네가 우리 아들로 태어나줘서 정말 기쁘고…… 행복했어!"

"……!"

마지막으로 그렇게 눈물 나는 얘기 하지 말라고! 그렇게 크게 소리치려고 한 타이밍에 나는 눈을 떠버리고 말았다.

"엄마!"

“으앗?!”

“……어?”

나는 무의식적으로 눈앞의 존재를 껴안았다.

들릴 리 없는 목소리에 놀라긴 했지만, 이렇게 껴안고 있는 존재의 감촉이 너무나 기분 좋아서, 더욱 강한 힘으로 껴안으며 그 기분 좋은 탄력감에 얼굴을 묻었다.

“아아, 계속 이렇게 있고 싶어…….”

무서울 정도로 부드럽고, 그리고 따뜻하고, 좋은 냄새도 나서 쉽게 떠날 수 없었다.

하지만 한참을 이러고 있으려니 점차 뇌가 깨어났고, 조금씩 생각이 자신의 현 상황을 따라잡기 시작했다.

“어…… 가슴?”

“아하하, 하야토 군 대담하네 ♪”

“헉?!”

냉정하게 가슴이라는 말을 입에 담는 순간 발랄한 여자의 목소리가 들려왔다.

나는 곧바로 떨어지려 했지만, 눈앞의 존재는 그것을 허락하지 않겠다는 듯 내 머리를 그 풍만한 가슴으로 꽉 감싸 안았다.

“아, 아이나?!”

“응. 잘 잤어? 하야토 군 ♪”

이것은 어떤 의미로는 행복한 기상이라고 말할 수 있지 않을까? 아니, 그럴 리가 없지. 나는 지금 필사적으로 어떤 것을 외면

하려 하고 있었다.

'위험해…… 아침의 생리 현상이!'

지금 나와 아이나의 자세를 자세히 설명하자면 이렇다.

침대에서 자던 내 위에 아이나가 올라타서는 상체를 넘어뜨린 채 한껏 그 몸을 내게 내맡기고 있었다. 그리고 그녀의 허리 위치가 어쨌든 위험해! 완전 위험하다고!

"아, 아이나? 좀 떨어져 주면……."

"앙♪ 하야토 군, 가슴에서 그렇게 말하면 간지러워. 하지만 나는 전혀 싫지 않고 오히려 기쁘지만♪"

그건 기쁘지만, 그럴 때가 아냐!

나를 껴안은 채 기쁜 듯이 몸을 흔드는 아이나, 그럴수록 그녀의 허리도 조금씩 움직여 나의 건강해진 아들을 자극해 버렸다.

"……어?"

"으……."

아이나가 무언가를 알아차린 듯 한쪽 손을 등 뒤로 돌렸다.

마치 뭐가 닿은 것인지 확인하는 듯한 그 모습에, 나는 점점 피가 마르는 기분이 들었고—— 기어이 그때가 찾아오고야 말았다.

"……아, 그런 거였구나? 후훗, 하야토 군은 야하네♪"

"……으어어어억!"

내 바지 위로 아이나의 손이 부드럽게 스치는 바람에 이상한 기분이 들었다.

그제야 아이나는 내 머리를 가슴에서 풀어주었지만, 올라탄 상태는 그대로였다.

"있지, 하야토 군."

아이나는 지그시 나를 쳐다보더니 혀를 빼꼼 내밀며 이런 말을 했다.

"우리 이제 연인 사이 맞지? 그러니까 괜찮아, 야한 거라도 뭐든 다 해줄게. 아니, 아예 하지 않을래?"

나는 곧 이성의 끈을 붙잡고 아이나를 부드럽게 밀어냈다.

아이나는 불만스러운 표정을 지었지만, 그대로 흐름에 몸을 맡겼다면 큰일이 났을 것은 말할 필요도 없다.

잘 견뎌낸 나와 그런 스스로를 칭찬하면서 다시 아이나를 마주했다.

"……좋은 아침, 아이나."

"응♪ 좋은 아침, 하야토 군!"

내가 끌어안은 순간 교복이 살짝 흐트러진 것 같지만, 아이나는 그것을 전혀 개의치 않고 고쳐나갔다.

하지만 이내 그녀가 걱정스러운 표정을 지었다.

"하야토 군, 무슨 안 좋은 꿈이라도 꿨어? 엄마라고 하던데."

"응? 아, 그랬지."

불안해하는 아이나의 표정에서 걱정스러운 감정이 내비쳤지만, 다행히 슬픈 꿈 같은 것은 아니어서 나는 대수롭지 않게 웃어 보였다.

"슬프거나 쓸쓸한 꿈은 아니야. 꿈에서…… 오랜만에 엄마를 만났거든. 두 사람 소식을 전했더니 웃어주셨어."

"에헤헤, 그렇구나."

웃어준 아이나의 모습에 안심한 나는 침대에서 나와 거실로 향했다.

문을 열자 먹음직스러운 아침 식사 향기가 나를 맞이했고, 앞치마 차림의 아리사가 기다렸다는 듯이 움직이던 손을 멈추고 달려왔다.

"좋은 아침, 하야토 군."

"좋은 아침, 아리사."

아침부터 아름다운 두 미소녀를 마주하는 기적 같은 하루의 시작이지만, 이곳은 그녀들의 집이 아니라 내 집이었다. 왜 두 사람이 아침부터 여기에 있느냐고 묻는다면, 이유는 단순하다.

"왠지 아침에 일어났을 때 두 사람이 있는 것에 익숙해질 것 같아."

"아하하♪ 익숙해지지 않으면 곤란해. 앞으로도 계속 이럴 테니까."

"그래, 하야토 군. 우린 앞으로 더 많이 함께할 거야."

두 사람은 각자 그렇게 말하며 이 집의 스페어키를 꺼내 들었다.

아이나는 어째서인지 가슴 골짜기에서 열쇠가 나왔지만, 못 본 걸로 하고…… 이렇게 그녀들과 새로운 관계가 되며 이 집의 열쇠를 건네준 상태였다.

이제 그녀들은 언제든지 집에 들어올 수 있었고, 무엇보다 나

자신이 그것을 기쁘게 생각하고 있었다.

"아침부터 우리가 있고, 밥 짓는 냄새가 마중 나온다……. 기쁜 얼굴로 그런 말을 해주면 우리도 더 노력하게 돼. 저기, 하야토 군, 난 너에게 도움이 되고 있을까?"

도움이 되고 있는가, 그렇게 물어본 아리사는 잠자코 내 말을 기다렸다.

마치 주인에게 순종적인 강아지처럼 꼬리를 살랑살랑 흔들고 있는 듯한 분위기마저 느껴졌다.

"……그게…… 응."

"아아…… 행복해, 하야토 군♪"

소중한 여자친구를 상대로 도움이 되는지 아닌지에 대한 관점에서만 이야기하고 싶지는 않다. 그러나 아리사는 한결같이 나에게 도움이 되고 싶다는 마음이 강한 것인지 자주 이렇게 물어 왔다.

'……그게 좀 당황스럽긴 하지만, 그 이상으로 뭐랄까…… 그녀들과 함께 있는 공간이 지나치게 달콤한 것 같달까.'

아리사를 바라보며 그런 생각을 하고 있는데, 쿵 소리를 내며 등 뒤에서 아이나가 끌어안았다.

"자, 하야토 군, 어서 아침 먹자. 학교에 늦겠어."

"알았어…… 근데 안 떨어질 거야?"

"……음, 좀 더 이렇게 있고 싶어."

등에 달라붙은 채 아이나는 떨어지지 않았다.

냄새를 맡는 것 같은데, 아이나는 종종 이렇게 달라붙어 오는 일이 많았다.

뭐라고 할까, 아이나는 신체적 터치가 많아서, 풍만한 몸의 감촉을 매번 느끼고 있다.

"하야토 군…… 멋져…… 하아♪"

"……."

신음하는 그녀의 목소리에 심장이 쿵 내려앉았다.

그렇지만 지금만큼은 아침 식사를 끝내고 학교로 가야 했기에 아이나도 곧 떨어져 주었다.

그 후 그녀들이 해준 아침 식사를 대접받고 준비를 마치고 집을 나서려는데, 아이나가 화장실에 들르느라 나와 아리사는 잠시 기다리게 되었다.

"하야토 군."

"응?"

"오늘도 그거, 말해주면 안 돼?"

"음……."

오늘도 그것을 말해줘, 그 말을 듣고 나는 머리를 긁적였다.

나를 빤히 바라보며 말을 기다리는 그녀에게 결국 항복한 나는, 자신감이 좀 없는 말투이긴 했지만 이렇게 말을 이었다.

"오늘도 고마워, 아리사. 역시 나만의 여자야."

"웃…… 아아♪"

내 말에 아리사가 기쁜 듯 몸을 꿈틀거렸다.

처음에는 나만의 것이라고 말해 주었으면 좋겠다, 그런 제안을 받았지만 역시 농담이라도 아리사를 물건 취급하고 싶지는 않았기 때문에 이렇게 된 것이지만…… 아리사는 정말로 만족스러워 보였다.

"……아리사."

"어? ……음."

그런 귀여운 행동을 하는 그녀를 보니 키스를 하고 싶어졌다.

아까 아이나와의 일로 조금 달아올랐다고 할까, 고조된 마음이 계속 이어지고 있었기 때문이었다.

"……후."

"후훗, 아침부터 정열적이네, 하야토 군."

갑작스러운 키스였지만 아리사는 거절하지 않았고, 반대로 더 하자며 제안해 올 정도였다.

그 제안에 응해 계속 키스하고 있는데, 마침 아이나가 돌아와서 그 광경을 목격한 탓에 그녀와도 키스한 뒤 집을 나서게 됐다.

"행복하네…… 정말로."

그녀들과 같은 풍경 속을 걸으며 나는 작게 중얼거렸다.

두 사람의 사랑에 빠져들고, 두 사람을 지탱해 주겠다고 다짐한 그날로부터 며칠이 지나 이미 학기말 기말고사는 끝났다.

두 사람과 공부 모임을 가진 보람이 있었는지, 아직 결과는 나오지 않았지만 느낌은 좋았다. 고등학생 첫 겨울 방학은 기분 좋게 맞이할 수 있을 것 같았다.

‘겨울 방학이라…….’

겨울 방학, 그리고 설날까지. 여름 방학 정도는 아니지만 긴 방학이 계속되면 그동안은 그녀들과 자주 만나지 못하려나? 그렇게 생각하면 조금 쓸쓸하지만, 역시 매일 만나고 싶다고 제멋대로도 말할 수는 없었다.

“음?”

학교로 가는 길에 저쪽에서 엄청난 기세로 달려오는 자전거가 있었다.

그 자전거가 달리는 쪽에 아리사가 있었기에 나는 반쯤 무의식적으로 아리사의 팔을 부드럽게 잡고 이쪽으로 끌어당겼다.

아리사는 잠시 놀란 표정을 지었지만, 이내 자전거를 보고는 납득한 표정을 지었다. 그런데도 이렇게 있는 것이 기쁜지 키득키득 웃음 지었다.

“이런 부분이란 말이지. 그렇지, 아이나?”

“맞아.”

아니, 그러니까 평범한 거라고 생각하는데, 나는.

그리고 학교가 가까워지자 두 사람은 나와 떨어져 먼저 갔고, 나도 그 뒤를 따르듯 학교로 향했다.

새로운 관계가 되었다고는 하지만, 학교에서의 우리의 거리감은 예전 그대로였다.

나도 아리사도 아이나도, 세 사람이 동시에 사귄다는 것은 세상에서 보면 분명히 이상한 일이다. 그래서 우리는 이 비밀스러운 관계를 절대 드러내지 않았다.

"……하지만 정말 녹아버릴 것 같단 말이지."

학교에서는 확실히 남남처럼 지낸다고는 하지만, 그 반동은 방과 후가 되면 한꺼번에 밀려왔다.

요즘에는 학교가 끝나면 그녀들의 집에 가는 일도 늘었고, 현관에 들어서면 정말 세상이 완전히 뒤바뀌듯 두 사람이 내 애인이 되어주니까.

"후후, 보기 좋은 광경이네요♪"

학교가 끝나고 신조가를 방문하자 오늘은 사키나 씨도 일이 일찍 끝난 것인지 집에 계셨다. 그녀와 인사를 나누자마자 아리사와 아이나는 내 팔을 감싸듯이 껴안았다.

"……익숙해졌다고는 해도 역시 부끄럽네요, 이건."

사키나 씨의 시선을 빤히 받으며 이렇게 붙어 있는 것에 부끄러움이 느껴졌지만, 그럼에도 사키나 씨는 그런 우리를 계속 생글생글 웃으며 바라보고 계셨다.

참고로 아리사와 아이나 두 사람도 이런 식으로 달콤한 시간을 제공해 주고 있었지만, 사키나 씨도 때때로 어른의 포용력을 발휘하는 일이 늘었다. 덕분에 그쪽 방면에서도 꽤 진땀을 빼고 있었다.

"……뭐, 그래도 행복하니까, 정말로."

그래, 나는 진심으로 행복하다고 말할 수 있다.

물론 가족들이 떠오르면 외롭기는 하지만, 기분이 가라앉아 아래를 돌아볼 틈이 없을 정도로 나는 그녀들에게서 온기를 받고 있었다.

"고마워, 아리사, 아이나. 난 정말 행복해…… 그러니 나도 두 사람을 지탱해 주고 싶어. 앞으로도 오래도록 잘 부탁해."

그런 말을 하니, 두 사람은 힘차게 고개를 끄덕여 주었다.

"응!"

"물론이지!"

행복한 일뿐만 아니라 힘든 일도 분명 많을 것이다.

그래도 무슨 일이 있어도 괜찮다고, 어떤 일이든 극복해 보이겠노라고 나는 굳게 다짐했다.

"그런데 하야토 군."

"응?"

"겨울 방학에는 별로 만나지 못할 테니 외로워! 라고 아침에 생각하지 않았어?"

"……어떻게 알았어?"

"알아♪ 하야토 군에 대한 일은 뭐든지 알거든! 걱정 마. 나랑 언니랑 이것저것 생각해 두고 있으니까."

"아리사도?"

아리사에게 시선을 돌리자, 그녀가 고개를 끄덕였다.

"응, 겨울 추위를 날려버릴 정도로…… 그야말로 한시도 외롭다고 생각할 틈이 없도록 해줄게."

그 목소리에 담겨 있는 그 커다란 마음이, 조금 무섭다고 생각한 것은 비밀이다.

아까 아무리 힘든 일이라도 극복하겠다고 했는데…… 어쩌면 그녀들과 지내는 동안에도 긴장하는 편이 좋을지도 모르겠다.

"하야토 군, 좋아해."

"좋아해, 하야토 군."

그러지 않으면…….

'……정말 한심한 인간이 돼 버릴 것 같아.'

이런 사치스러운 불안을 나는, 겨울 방학을 앞두고…… 그리고 그녀들이라는 소중한 존재의 온기를 피부로 느끼며 생각하는 것이었다.

후기

처음 뵙는 분들은 처음 뵙겠습니다. 처음이 아닌 분들께도 자기소개를 하겠습니다.

룡입니다. 특별히 이름에 의미는 없습니다.

굳이 말하자면 대충 지은 이름이라 정말 의미가 없습니다(웃음).

딱 한 달 전에도 작품 하나를 같은 스니커즈 문고에서 냈는데, 이렇게 이 미인 자매 이야기도 같은 레이블에서 내게 되니 운명 같은 것이 느껴지는 것 같습니다.

본래 이 작품은 카쿠요무 코믹상을 수상했는데, 수상 진행 과정 중 소설이라는 형태라도 내보지 않겠느냐는 제안을 받았고, 거기에 승낙하는 형태로 이런 기회를 얻게 되었습니다.

서적화 작업은 단 하나라도 힘들다는 것을 잘 알고 있기에, 그것이 두 개가 되면 솔직히 어떻게 될까, 하는 불안한 마음은 있었습니다.

이것은 또 다른 작품의 후기에서도 썼는데, 저는 정말 훌륭한 편집자님을 만났다고 생각합니다.

불안한 일이 있어도 바로 상담에 응해 주시고, 작품에 필요한 지적도 정확하게 해주시고, 담당해 주시는 일러스트레이터님께 캐릭터에 대해서도 확실하게 전해 주시고, 완성된 일러스트를 보고 함께 기뻐해 주시고…… 정말 수없이 많은 체험을 한 것 같습니다.

저 혼자서는 결코 완성할 수 없었던 이 작품은 그야말로 편집 자님과 이인삼각으로 만들어 낸 결과물이라고 생각합니다.

혼자서 모든 것을 해결할 수 있는 작가 쪽이 더 멋있을지도 모르지만, 적어도 제게는 그것이 어렵다는 것을 다시 한번 실감했고, 그렇기 때문에 치밀하게 내용을 짜고 의견을 얻음으로써 더 완성에 가까워질 수 있다는 사실을 이번에 더 절실히 알게 되었습니다.

자, 딱딱한 이야기는 여기까지만 할까요.

여러분, 이번 작품의 메인 히로인인 아리사와 아이나는 어떠셨나요?

무척 귀엽고, 야하고, 그러면서도 젖어들고 싶은 사랑을 주는 얀데레로 완성되어 만족스럽습니다.

귀여울 뿐만 아니라 야하게, 야할 뿐만 아니라 귀엽게……그런 부분을 신경 쓰면서 했다고 하면 조금 어폐가 있지만, 이런 아이라면 저뿐만 아니라 읽어주시는 여러분들도 좋아해 주시리라 생각하며 두 사람의 이야기를 쓰게 되었습니다.

그리고 이번 작품인 미인 자매 일러스트를 담당해 주신 기우니우 씨에게도 정말 많은 신세를 졌습니다.

커버 일러스트도 라이브로 해주시고, 그사이에 잠시 대화를 나눌 기회가 있었는데 무척 즐거운 시간이었습니다. 라이브 중 작품 홍보도 함께 해 주셔서 정말 감사합니다.

마지막으로, 본 작품을 구매해 주셔서 감사합니다.

만약 계속 읽고 싶다고 생각하신다면 SNS에 그 내용을 올려주시는 것만으로도 기쁠 테니 아무쪼록 잘 부탁드립니다(웃음).

그리고 가능하다면 앞으로의 스토리…… 아리사와 아이나의 사랑 가득한 일상이나 (거기에 가세할지 어떨지는 모르겠지만) 사키나 씨와의 일상도 써 나가고 싶은 마음입니다. ……쓰고 싶어요, 쓰게 해주세요!

아무튼 정말 감사합니다!

OTOKOGIRAI NA BIJIN SHIMAI O NAMAE MO TSUGEZU NI TASUKETARA
ITTAI DONARU? Vol.1
©Myon, Giuniu 2023
First published in Japan in 2023 by KADOKAWA CORPORATION, Tokyo.
Korean translation rights arranged with KADOKAWA CORPORATION, Tokyo.

남자를 싫어하는 미인 자매를 이름도 알리지 않고 구해주면 어떻게 될까? 1

2024년 5월 15일 1판 1쇄 발행
2024년 10월 15일 1판 2쇄 발행

저   자 묭
일 러 스 트 기우니우
옮 긴 이 이소정
발 행 인 유재옥
이   사 조병권
출판본부장 박광운
편 집 1 팀 최서영
편 집 2 팀 정영길 박치우 정지원 조찬희
편 집 3 팀 오준영 권진영 이소의
디자인랩팀 김보라 박민솔
디지털사업팀 박상섭 김지연 윤희진
라이츠사업팀 김정미 맹미영 이윤서
영업마케팅팀 최원석 박수진 이다은
물 류 팀 허석용 백철기
경영지원팀 최정연
인쇄제작처 ㈜코리아피엔피
발 행 처 ㈜소미미디어
등   록 제2015-000008호
주   소 서울시 마포구 토정로222, 502호 (신수동, 한국출판콘텐츠센터)
판매 및 마케팅 (070) 8822-2301

ISBN 979-11-384-8307-0
ISBN 979-11-384-8306-3 (세트)